破滅ルートから逃れたい悪役令嬢ですが、偽装婚約した王子殿下の愛が重すぎる!!

麻生ミカリ

Illustration

Fay

contents

イラスト／Ｆａｙ

破滅ルートから逃れたい
悪役令嬢ですが、偽装婚約した王子殿下の愛が重すぎる!!

プロローグ　月下の求婚

「はあ、偽装婚約したい……」

努力はかならず報われる――なんて、そんなのはきれいごとだ。

だとしたら、どんなに努力をしても絶対に報われない人生だってあっておかしくない。

このゲーム世界において、公爵令嬢オーレリア・ローウェルには破滅エンドしか存在しない。

そもそも、乙女ゲーム世界に転生している現状が異常なのだ。オーレリアが前世と思っているものがただの妄想で、ほんとうはただの思いこみなのかもしれない――

考えるほど憂鬱になり、心が深く沈み込んでいく。

夜会から逃げ出して、バルコニーへ来たものの、これもただの逃避だった。

オーレリアは今夜、偽装婚約してくれる男性を探しにきたというのに今もって、成果はゼロである。

「失礼、先客がいらっしゃったようですね」

――誰⁉

甘くやわらかな声だった。

まるで夜を濃縮して砂糖をたっぷり入れて煮詰めたように、その声は鼓膜をじわりとにじませる。

夜空の月に照らされて、姿を見せたのは黒髪の美しい男性だ。

長身に優しげな眦（まなじり）と、紫の刺繍（ししゅう）が入ったフロックコート、手にはグラスを持つ彼は声に負けないほど甘い笑みを浮かべる。

これほどの美貌の主ならば、オーレリアとは違って異性たちから逃げてきたのかもしれない。

ダンスのお誘いは男性から、というのがルールだが、歓談ならば女性から仕掛けることもあるだろう。

――ああ、この美しい男性がわたしと婚約してくれたらいいのに。

公爵令嬢たるもの、さすがにそんなことを口走るわけにはいかなかった。

ふ、と目をそらし、バルコニーの手すりに両手をついてもう一度息を吐く。この胸の憂鬱を、すべて吐き出すことができたらいいのに。

室内と違って、ここは小さな音もよく聞こえる。月光が降り注ぐ音すら、聞こえてきそうな夜だ。

「私は、あなたに何か失礼なことをしたでしょうか？」

――ああ、ため息だと思われたのかな。

「いえ、そういうことではありません。お気になさらず」

けれど、見知らぬ男性とふたりで夜のバルコニーにいたと知られれば、おかしな噂を立てられてしまうかもしれない。

オーレリアはそっと彼の横をすり抜けて、広間へ戻ろうとした――が。

「あなたは――オーレリア、オーレリア・ローウェルではありませんか？」

手袋を纏う長い指が、こちらの肩を軽くつかむ。

見上げた視線の先で、黒い瞳の美しい男が驚愕に唇を震わせていた。そこまで驚かれることだろうか。オーレリアには、まったく見覚えのない人物だというのに、相手は自分を知っているらしい。

「ええ、そうですけれど」

「ずっとあなたに会える日を夢見ていました、オーレリア。ああ、今夜ここに来たのは運命だったのかもしれません」

「あなたは……？」

「たいへん失礼いたしました。名乗るのが遅くなりまして失礼いたしました。私はシリル・ケイルズフィア・デュカウル、この国の第三王子で王立魔法騎士団の団員でもあります」

「わたくしこそ、失礼いたしました、殿下。どうぞこちらでお寛ぎくださいませ。わたくしは広間に戻りますので――」

「待ってください、オーレリア。よろしければ、私と婚約してくださいませんか？」

「……はい？」

公爵令嬢らしからぬ返事をしてしまったのは、許してほしい。

けれどそう答えながらも、わずかな希望の光がよぎったのを感じた。

この美しい王子がなぜ自分に婚約を持ちかけてきているのかはわからないが、これこそオーレリアが生き残る道かもしれない。

そう、彼ならばオーレリアを救ってくれる。

シリルならば、きっと——

第一章　悪役令嬢ムーブはしません、絶対に！

「今年も二十三名の優秀な新入生を迎えることができ、教師陣一同心より嬉（うれ）しく思っています。どうぞ皆さん、ベンジャミンの鐘が鳴るまでにそれぞれの未来をつかんでください」

魔法大国デュカウルの王立魔法学院では、九月の入学式を執り行う最中だった。

公爵令嬢オーレリア・ローウェルは、これまで十六年の人生で何度も耳にしてきたはずの『ベンジャミンの鐘』という言葉に、ハッとして顔を上げる。

――なぜ、忘れていたんだろう。

金色の縦ロールを赤いリボンでハーフアップにし、学院の制服に身を包んだオーレリアは、社交界デビュー前から話題の少女だ。髪と同色の長い睫毛（まつげ）で縁取られた、美しい青い瞳。化粧をせずとも赤い唇は、形よく引き結ばれている。

けれどオーレリアが貴族の間で話題になるのは、美貌だけが理由ではない。膨大な魔力量を持つ少女として、幼いころから魔力提供を行ってきたことを誰もが知っているからだ。

この国では誰もが多かれ少なかれ魔力を持っているけれど、他者へ日常的に提供できるほどの魔力を持つ者はせいぜい二十数名だ。

「どうかなさいまして、オーレリアさま？」

隣に座る顔見知りの男爵令嬢に声をかけられ、オーレリアは「いいえ、なんでもなくってよ」と微笑む。

——なんでもないわけ、ないじゃない！　わたしがオーレリア？　悪役令嬢オーレリア・ローウェル？

ベンジャミンの鐘が鳴るまでに、という言い回しはデュカウル王国ではよく耳にする。特に来年は、百年に一度のベンジャミンの鐘を待つ年だ。

大国の王都には、ひときわ目を引く白い塔がある。小高い丘に建つ塔のてっぺんで、魔具の鐘は鈍色の姿をさらしていた。

この鐘は古くからベンジャミンの鐘と呼ばれていて、遥か昔の神話の時代に名だたる魔法使いたちが命を賭して作り上げた代物だ。

当時からデュカウルは魔力持ちの多い国ではあったが、同様に魔族や魔獣からの襲撃被害に悩まされていた。土地に魔力の源があることで生まれる人間に魔力が宿り、同じ理由で本能的に魔力に惹かれる魔のものが寄ってくる。

かつての大魔法使いたちは、未来の王国民が安全に暮らせるようベンジャミンの鐘という魔具を遺した。

鐘は、百年に一度しか鳴らない。魔力を貯蔵する鐘が、九十九年の沈黙ののち、一日だけリンゴンと美しい音色を響かせる。その清浄なる鐘の音が、国の周囲の魔を祓う。では鐘に集まる魔力はどこから来るのかというと、この国で命を落とした者たちは、死ののちに身に残った魔力をベンジャミンの鐘に吸収されるのだ。

そうしてため込んだ魔力でもって、十二月にベンジャミンの鐘が鳴る。

次なる九十九年の平穏を告げる鐘の音は、デュカウル王国の繁栄を約束し、民に安寧をもたらすものだった。

長い歴史の中には、ベンジャミンの鐘の魔力を奪い取った者もいる。そのときには次の百年間、国はひどい事態に陥った。魔獣に襲われ人々は傷つき、農作物は食い荒らされ、流行り病が続いたとされる。

十六歳のオーレリアが、その鐘の音を聞いたことはない。なにしろ、来年がその百年に一度の年だから、今存命の王国民は、たとえ王であってもベンジャミンの鐘の音を知るはずがないのである。

——けれど、わたしはその音を知っている。その音を作り、選ぶ工程に参加していたから。

学院長のあいさつが続く講堂で、オーレリアは平静を装いながらも激しい動揺に襲われている。

——わたしは前世、日本のゲーム会社に勤めていた。開発部の仕事は忙しかった。だけど、入社二年目で初めて企画から関わったゲームが完成して……

それこそが女性向け恋愛ゲーム『ベンジャミンの鐘が鳴るまでに』だ。

この世界においてオーレリアは完膚なきまでの悪役令嬢だ。

主人公でありプレイヤーの視点であるアンジェリカの恋のライバル、そして彼女をさんざん邪魔した挙げ句に、断罪されたり魔獣とともに討伐されたり、とにかく無惨な結末を迎えるキャラクター、それがオーレリア・ローウェルである。

何しろ、オーレリアは自分の恋の成就のために、ベンジャミンの鐘に集まった魔力を抽出しようとしてしまうほどの危険人物である。ときに魔に魅入られ、ときに幼稚な嫌がらせで主人公のアンジェリカを困らせ、そして五人いる攻略対象のどのルートにおいても、主人公の恋愛成就の前に死ぬ。

約束された悪役の死。

アンジェリカのハッピーエンドのためには、オーレリアはいつだって死を迎えることになっていた。

――その悪役令嬢オーレリア・ローウェルに転生したって、そんなことある？　あんなにがんばって開発したお話で、死ぬことを約束されたキャラクターに生まれ変わるってどんな罰ゲームなの？

かつてゲーム会社の開発部で働いていた。あのころの自分の名前は思い出せない。

連日連夜の激務に、何度も心が折れそうになった。けれど自分にとって初めて企画から関わったゲームの完成を目前に、徹夜作業も苦ではなかった。

心は満ち足りていたけれど、体はそうはいかなかった。

ボロボロになった二徹明け、駅のホームでくらっとしたのは覚えている。

――もしかして、あのときにわたし、死んじゃったのかな。

悲しいことに、その後の記憶はすっぽり抜けている。いや、抜けているのではなく、そもそも存在しないのかもしれない。

あそこで前世が終わっていれば、その後がないことにも納得がいく。

世の中に異世界転生、乙女ゲーム転生というコンテンツはあふれていて、自分たちもまたそういった類の世界観でゲームを作っていた。

けれどそれは、現実に起こらないことだからこそ。フィクションならではのお約束だと思っていたのに。

『ベンジャミンの鐘が鳴るまでに　クリスマスイブ発売決定!』

『あなたの運命の相手は――鐘が鳴るまでにみつかる……』

『あなたと奏でる恋のハーモニー、#カネナル　スタートです。ハッシュタグをつけて感想を投稿すると、抽選で三十名さまにカネナル特別ステッカーをプレゼント』

SNSでの宣伝も、鮮明に思い出せる。キャラクターたちの設定も、恋愛イベントの数々も、しっかり覚えている。

それなのに自分の名前は思い出せないだなんて――

――そっか。だから死んだあとにこの世界に来ちゃったのかもしれない。

とはいえ、だったらせめて主人公のアンジェリカに転生させてくれればいいものを。

「新入生代表あいさつ、オーレリア・ローウェル」

「っ、はい」

けれど、ゲーム本編と違うところは、アンジェリカの入学シーンから物語が始まるわけではないという点だ。

オーレリアよりも一歳下のアンジェリカは、一年後にこの魔法学院に入学してくる。

――つまり、わたしは残された一年間で悪役令嬢にならないよう、準備を整えることができる！

新入生代表のあいさつを終えると、続いて在校生代表のあいさつだ。

登壇したのは、攻略対象の第五王子ブラッド。彼はわかりやすい俺様キャラクターで、オーレリアはブラッドの婚約者候補と目されている。

――ブラッドルートだと、魔獣討伐前にオーレリアは魔に魅入られて、最終的に魔獣とともに滅ぼされる。ただ死ぬだけじゃない。人としてではなく、魔として殺されるんだ。

そんな死に方は、二度目の人生だって遠慮したい。いや、強く拒絶したい。

アンジェリカが入学してくるまで、まだ時間はある。たった一年、されど一年、何よりオーレリア自身がこのゲームのシナリオを知っているのだから、悪役令嬢ムーブをしないよう配慮することは可能だろう。

——わたしは死なない、絶対に。

勝ち気な美貌の公爵令嬢オーレリアは、制服のスカートの上で手を握りしめ強く決意する。

ゲーム内ではヘイトを集める悪役令嬢にだって、家に帰れば両親がいて、妹と弟がいるのだ。

——生きて、一年後の十二月にベンジャミンの鐘が鳴るのを聞いてみせる！

§　§　§

そして、一年が過ぎた。

「明日はついに、入学式ですわね」

「わたくしたちにも後輩ができるだなんて、楽しみですわ」

魔法学院二年に進級する前日、オーレリアはクラスメイトとともに明日の新入生名簿の確認をしていた。

楽しげなクラスメイトの声を聞きながら、ひとり黙々と作業に没頭する。

——一年、何事もなく過ぎてしまったんだけど。

思い出すのは、この一年の努力。

まじめに魔法を学び、クラスメイトには優しく接し、困っている者がいれば力を貸し、悩んでいる者がいれば話を聞いた。

おかげで生徒会役員にも任命されかけたが、そこは全力で固辞するしかなかった。

なにせ『ベンジャミンの鐘が鳴るまでに』――通称カネナルにおけるオーレリアは、生徒会副会長だったのだ。同じ轍を踏むわけにはいかない。

ちなみに生徒会長は入学式で在校生代表あいさつをしたブラッド・オルグレン・デュカウル。アンジェリカの攻略対象であり、この国の第五王子だ。

――そうそう、社交界デビューも無事に済ませた。

前世を思い出したのは一年前だが、それ以前のオーレリアとしての記憶も経験も蓄積されている。

公爵家の令嬢たる者として教会に寄附をし、舞踏会に参加し、ボランティア活動に励み……

「ほんとうにオーレリアさまはすばらしいですわ」

「貴族令嬢のかがみですわね」

「そ、そんなことなくってよ」

――ついにとりまきまでできてしまった。完全に悪役令嬢の素地が調ってる！

まじめに生活したのに、友人のはずの令嬢たちが、とりまきと呼ばれているのは、いかんせんオーレリアが悪役顔の美女なのが原因だろう。

しかし、顔の造形についてはゲームによって決定されているため、今さらどうにもならないところだ。

――今後、ゲーム制作会社の皆さんが悪役令嬢に童顔女子を設定しますように。

いつ、誰が、どのタイミングで、悪役令嬢に転生するかわからないのだから、その場合を考えてほしいものだ。絶対誰も考えてくれないだろうけれど。

「それにしても、魔法学院に庶民が入学するなんて異例のことですわ」

「こんなこと、許されるのでしょうか、オーレリアさま」

王立魔法学院は、基本的に貴族と富豪の子女が通う場だ。多くは十六歳で入学するが、入学年齢を厳密に定めているわけではないため、才能ある者は十三歳で通いはじめることもある。逆に十七歳、十八歳になってから入学してくるケースもある。

そして、今年入学してくる件の庶民こそがカネナルの主人公アンジェリカ・ハーリーだ。

「能力ある者が魔法を学ぶのに、なんの身分が関係しましょう。すばらしいことだと思いますわ」

にっこり微笑んだオーレリアに、とりまき令嬢たちが顔を見合わせる。

――アンジェリカの邪魔はしないで、絶対に！　じゃないとわたしが悪役令嬢としてこの世界から退場する羽目になるんだから！

「そ、それはそうですね……」

「オーレリアさまがそうおっしゃるなら……」

よし、と心の中でガッツポーズをして、オーレリアは名簿に目を落とす。

自分が直接手をくださなかった場合でも、周囲の人間がアンジェリカに嫌がらせをしたら、やはりオーレリアが悪役の親玉扱いされるに違いない。

そうならないよう、気をつけるに越したことはない。用心は過度なくらいでいいのだ。なんなら、とりまき女子たちがオーレリアを見限ってくれるのがいちばんである。

「話は変わりますけれど、ブラッド殿下が花嫁探しをされるそうですわね」

「まあ！　ブラッド殿下のお隣に並ぶならオーレリアさましかいらっしゃいませんわ」

オーレリアは青い目をぎろりと剥(む)いて、余計なことを言い出した相手を反射的に睨(にら)みつけた。

「そんなわけありませんわ！　わたくし、ブラッド殿下とはまったくこれっぽっちも面識がございませんもの。今後も関わる気はありませんの、うふふ」

ブラッドは学院内でもっとも人気のある男子だ。

銀髪に紫色の高貴な瞳、カネナルの攻略対象においても、センターに配置することを想定してデザインされた華やかなイケメンである。

この一年、オーレリアはブラッドと関わらないよう、彼のいそうな場に参加することは極力避けてきた。

もとよりゲーム内でもオーレリアは当初からブラッドの婚約者候補だった。

魔法学院に入学してすぐに、父からブラッドとの縁談を打診されたこともある。そのときには、渾身(こんしん)のウソ泣きで、

『わたくし、王族との結婚なんておそろしくて……！　どうしてもとおっしゃるのでしたら、修道院へまいります！』

と父を退けたほどだ。

それというのも、アンジェリカが誰の恋愛ルートに進んでも、ブラッドは必ず彼女の味方になるキャラクターなのだから。

俺様王子のブラッドにとって、庶民のアンジェリカはとても好感の持てる相手だ。

そして、ブラッドルートにおけるもとのシナリオのオーレリアは、悪役として活躍する。活躍しまくる。

その結果、断罪されるのだから、悲しい結末だ。

悪役の見せ場なんていらない。まずは命を大切にしたい。

九月の入学式から十二月のベンジャミンの鐘が鳴るその日まで生き延びれば、オーレリアはおそらくゲームのエンディングを越えて生きていける――はずだ。

この世界で自分の前世を思い出したオーレリアが最初にしたことは、記憶の整理である。

カネナルのシナリオイベントや、オーレリアが死を迎える条件を洗い出し、そのすべてを回避できるよう準備を整えた。

ゲームの最終シーンは、タイトルにもなっているベンジャミンの鐘が鳴る場面。

――オーレリアは、ベンジャミンの鐘を聞けない。

もっとも長く生きる場合でも、悪役令嬢オーレリア・ローウェルはクライマックスの事件で命を落とすことになっている。

——だから、わたしは絶対にベンジャミンの鐘を聞くんだ。あの鐘が鳴る日まで、生き延びてみせる！


明けて翌日、王立魔法学院の入学式当日は、朝からの快晴に恵まれた。

良家の子女たちの入学式ともなれば、紋章つきの馬車が学院前に何十台も並ぶ。一年前、まだ前世を思い出していなかったオーレリアも、両親と馬車に乗って学院へやってきた。

しかし、今は思い出を懐かしんでいる場合ではない。デッドエンドを回避したあとで、いくらでも思い出せばいいのだから。

「新入生の皆さんは、こちらで受付をお願いします」

入学式で受付を担当するのも、ゲームのシナリオどおりだ。

アンジェリカを見たオーレリアが、彼女に意地悪な態度を取る。それを見かねたブラッドが、苦言を呈するところから物語が始まる——

——そろそろかな。

校門にアンジェリカが姿を現すのを見て、右手をひたいに当てる。

こちらに悪意がなくとも、アンジェリカと関わることで悪役令嬢扱いされてしまう可能性を考慮した結果、オーレリアが選んだ方法は、三十六計逃げるに如かず。つまり、この場から仮病を使って逃げ出すことだ。

ざわ、と周囲の戸惑う声が聞こえてくる。

豪奢な馬車の並ぶ中を、ひとり歩いてやってくるアンジェリカ・ハーリー。

ミルクティーベージュのやわらかなショートボブを揺らして、主人公が物語に足を踏み入れた。

「あっ、痛い、痛いわ。急に頭が！」

「オーレリアさま、どうなさいましたの？」

「なんだか急に頭痛がして……。申し訳ありませんが、受付をお願いできます？　わたくし、保健室で休んでまいりますので」

これでいい。受付係はふたりいるのだから、オーレリアが多少抜けたところで問題ないはずだ。

「庶民ごときがオーレリアさまに近づいたから具合が悪くなられたのよ！」

「そうよ、あの子のせいだわ！」

ところが、予想外の声が聞こえてくる。

――まさか、とりまきその一とその二!?

驚愕に声の主を見やると、別の二年生女子たちだ。

一年間、周囲に気を使って生活してきた結果、オーレリア・ローウェルは思いのほか、多くの女子生徒から崇拝されてしまったらしい。そして、とても残念なことにたいていの令嬢たちは、自分たちの学院に庶民の娘が入学してくるのを不快に思っているのだろう。

簡単にいえば、オーレリアをダシにして彼女たちはアンジェリカをなじりたい。

――これじゃまるで、わたしがアンジェリカを嫌がって仮病を使ったみたいじゃない！

事実に限りなく近いけれど、意味合いがまったく違う。オーレリアがアンジェリカを避けるのは、自分が悪役にならないためだというのに。

「オーレリア・ローウェル。噂に名高いあなたがそのような差別をするとはがっかりだ」

突然聞こえてきたのは、覚えのある声。――ブラッドだ。

振り返りたくない。

どんなに努力しても、結局悪役令嬢ムーブをさせられている自分なんて知りたくもない。

――わたし、差別なんかしてないもの。逃げようとしただけ。

けれど、学院の人気者であるブラッドを相手に反論しようものなら、それはそれで周囲から反感を買うのは目に見えている。

「あのー、新入生の受付ってこちらでいいんでしょうか？」

仮病を演出するため、ひたいに当てていた手をぶらりと下ろした。

アンジェリカは、周囲の注目を浴びながらも純真無垢な目をして微笑む。

彼女にとって、この瞬間は期待に満ちた学院生活の始まりなのだ。

「来なさい。この受付係たちはあなたを案内する仕事を放棄するようだ。俺が案内しよう」

「あ、ありがとうございます」

ブラッドの言葉に、ミルクティーベージュの髪が揺れる。

――あなたの学院生活に幸（さち）あれ。そしてわたしの断罪エンドがひとマス進んだ。

なんて、落ち込んでいる場合ではない。

ブラッドとオーレリアのうしろ姿を見送り、頭の中ではギュンギュンに思考を回転させる。

――悪役令嬢ムーブしないために逃げようとしたら、結果として悪役令嬢になってしまった。

つまり、わたしが何をしても、アンジェリカに関わるとよくない状況に陥る。だとしたら……

地面に足を踏ん張り、令嬢らしくないポーズで拳を握る。

オーレリア・ローウェルが生き延びるために必要なもの、それは。

――わたしが、攻略対象外の誰かと婚約するんだ！　そうしたら、ほかの男に興味がないという証明になる！

彼女（アンジェリカ）の物語は、彼女に。

自分（オーレリア）の物語は、自分に。

ふたつの道が交わらないよう、オーレリアは策を巡らせる――

§　§　§

王家の血を引く公爵家の令嬢ともなれば、社交の場へのお誘いは多い。

社交界デビューを果たしたあと、オーレリアは徹頭徹尾、優等生を貫くためにほとんど舞踏会やサロンへ顔を出したことはなかった。

母は、そんなオーレリアに少々寂しさを感じていたようで、「将来のために舞踏会に行きたい」と相談すると、すぐに招待状をずらりと並べてくれる。

こんなに招待されていただなんて、初耳だ。

その中から、二、三を選んで早速返事をしてもらう。

社交界デビューとは、すなわち自分は結婚の準備が整った女性であり、求婚をしてもよろしいという宣言なのだ。

デビューだけしてしばらく顔を出していなければ、当然だが縁談も持ち込まれにくい。

——オーレリア・ローウェルは求婚されたいのです！

強い気持ちで出向いた、親戚筋にあたる侯爵家の舞踏会だったが、声をかけてくるのはローウェル家にすり寄りたい借金持ちや、女遊びで名を馳(は)せる者ばかり。

もちろん久々の参加なのだから、そういうこともあると想定はしてきた。

オーレリアの家名や外見に釣られて近寄ってくる男性では、婚約まで持ち込める相手として不足が多い。

——かといって、真剣に結婚したい人というのも困るんだよね。

そう、オーレリアは考えた。

誰かと婚約すれば、アンジェリカの攻略対象と近づく機会は減る。

だからといって、今すぐに結婚なんてこちらも御免だ。必要なのは、ベンジャミンの鐘が鳴るゲームのエンディングまで、婚約者のふりをしてくれる人。

理想は、お互いに納得の上で偽装婚約することだった。

「まあ、見て。ブラッド殿下がいらしたわ」

「おとなりの女性はどなたかしら。かわいらしい方ね」

――なぜ、ブラッドが⁉

声のするほうに目を向ければ、たしかに第五王子ブラッドが歩いてくる。

しかも隣に並ぶのは――アンジェリカ・ハーリーではないか。

これはよろしくない。というか絶対にアンジェリカには近づかないほうがいい。望まぬ悪役令嬢ムーブをさせられてしまう。アンジェリカの主人公力は強い。

逃げ場の候補はいくつかあるが、なるべく自然に見えるもの――

オーレリアはバルコニーに目をつけ、すっと歩き出す。だが、残念なことにアンジェリカが声をかけてくるほうが早かった。

「オーレリアさま、先日は申し訳ありませんでした」

皆の前で、彼女が大げさに頭を下げる。

――あ、今、わたしが完全に悪役ポジション。

「なんのことかしら。わたくし、あなたに謝られるような覚えはありません。お顔を上げてください」

精いっぱいの優しい声と、穏やかな笑顔。

決してオーレリアは怒っていないのだと、周囲にアピールしなければいけない。

「そんな……！　許していただけないのですか……？」

ところが、顔を上げたアンジェリカは大きな瞳に涙を浮かべている。

童顔で小柄、可憐な彼女と。

美人で気の強そうな、女性にしては長身のオーレリア。

見ている人たちがどう思うかは想像に易い。

――謝らなくていいって言ったのに、なんで涙目になるの？

「許す許さないではなく、わたくしは最初からあなたに怒ってなど――」

言い終わるよりも先に、第三の声が割り込んできた。

「アンジェリカ、どうしたんだ？　なぜ泣いている」

「わたし、オーレリアさまと仲直りをしたくて……。でも、ますますオーレリアさまを怒らせてしまいました」

乙女ゲームの主人公は、プレイしているときには気づかないけれど、かなり厄介なメンタルをしている。

あるいは、オーレリアが何をしても悪役令嬢ムーブになるようにシステムが組まれているのか。

「っっ……、わたくし、怒ってなんておりません。失礼いたします」

――このお嬢さま口調が悪いのかも。悪役令嬢だもんね。

すごすごとしっぽを巻いて、バルコニーへ向かう。今のオーレリアは、誰の目にもわかりやすい悪役だった。


そこで、オーレリアはシリルと出会った。

出会ったどころではない。ほぼ出会い頭で、婚約を提案されているのだが――

『よろしければ、私と婚約してくださいませんか？』

オーレリアの耳がおかしくなったのでなければ、出会ったばかりのシリル殿下は間違いなくそう言った。

シリル・ケイルズフィア・デュカウル。

名前しか出てこない、けれど印象的な設定を持つキャラクターというのがカネナルには数人存在している。それは、ファンディスクもしくは続編を作れるくらいに売れた場合の仕込みだ。

彼は、その筆頭候補キャラである。

デュカウル王国に生まれる者は、多かれ少なかれ魔力を持つ。それはデュカウルの土地柄に関係している。

その中でも特別な魔法があって、治癒、魔力吸収、精神関与などがそれに当たる。

特別な魔法を使える者と、極端に魔力量が多い者は、国内でも数少ないため重要視される傾向にあった。

「あの、殿下。わたくしの聞き間違いでなければ、今――」

「申し訳ありません。少々手順を省きすぎてしまいましたね。まずはご挨拶を、と思っていたのです。私のことをご存じないようでしたら、こう言えば伝わるでしょうか。魔力喰(ぐ)いのシリルです」

「いえ、存じております。ええ」

魔力喰いという二つ名を持つ彼は、強力な魔力吸収の能力者である。

魔力吸収とは、たいていの場合、相手に直接触れることで対象の魔力を吸い取るのだが、シリルはそれを遥かに凌駕(りょうが)する。視界に入った相手ならば、接触なしで魔力を奪うことができるという桁外れの能力の持ち主だ。

それだけではない。シリルは特定の魔具を介して、遠隔地にいる相手から魔力を吸収することもできる。そんな魔力吸収は、これまでのデュカウルの歴史においてもベンジャミンの鐘しか存在しなかった。

人間版、ベンジャミンの鐘。それが第三王子シリルである。

――そして、わたしは魔力庫のオーレリア。

あまり嬉しくない呼び名なので、オーレリアの周囲の者は口にすることはない。しかし、魔力庫と称されるほどに、オーレリアの魔力量は豊富だ。

なぜ、前世の記憶が戻る以前から彼を知っていたかと言えば、互いの魔力による。

幼いころから魔力量が膨大だったオーレリアは、魔力喰いのシリルのために魔力提供を行ってきた。

魔力吸収の能力者は、その特殊な能力と引き換えに自身ではほとんど魔力を持ち合わせない。魔力は生命力であり、極端に減ってしまうと命にかかわるため、魔力量の多い者が分け与えることになっている。

あれはたしか、五歳になったころ。

手のひらに乗る小ぶりの鏡が王家から届いた。それが、シリルとつながる魔具だった。

以来、毎月一度、オーレリアはシリルに魔力供給をしつづけている。ふたりは、すでに十二年もそうやって互いの顔を知らないままにつながりを持っていたというわけだ。

近年のシリルは魔法騎士団の精鋭として名を馳せ、魔獣退治には欠かせない存在となっている。触れることなく魔力を吸収できるということは、魔獣を相手にしても剣を抜くことなく倒すことができるということだ。それによって魔法騎士団の怪我人は減り、少ない治癒能力者たちに無理をさせる必要もなくなった。

「殿下、なぜわたくしと婚約をお考えになったのですか？」

少なくとも、オーレリアはシリルの顔を知らなかった。

逆を言えばシリルもオーレリアを知らないはず。この世界にはカメラもスマホも存在しない。

「私はずっと、あなたの生産する魔力を食べてきたのです。舌の上でせつなげに打ち震え、呑み込むほどに体中を満たす、気怠げでさながら熟した果実のごとき甘さ、そして私の体は深く高まる溶岩のごとき熱に燃え――」

「ちょっ、なんでそんなエロい説明なのよっ！」

相手が王子だということも忘れ、反射的にオーレリアは彼の口に両手を伸ばした。

どこの誰が、初対面の淑女相手にそんな言い方をするだろう。

「失礼いたしました、殿下。その、魔力の……味？　から、わたくしだとわかったのですね」

咳払いをひとつ。体裁を整えて、なんとか返答をやり直す。

「そういうことにしておきましょう。ところでオーレリア、あなたとお会いすることができ、私は嬉しい限りです。今夜こうしてお目にかかれたのも何かの縁、よろしければ一曲、踊っていただけますか？」

「わたくしでよければ喜んで」

相手が第三王子となれば、断る理由はない。

シリルにはオーレリアの父の爵位や領地への関心もなく、当然父にすり寄る必要性も皆無だ。

――ああ、そうだ。紫色の刺繍は、王家の証だった。

デュカウル王家は高貴な紫色を好む。代々の王は、紫水晶（アメシスト）を使った王冠を戴（いただ）いている。

「お手をどうぞ、麗（うるわ）しのオーレリア」

「失礼いたします、シリル殿下」

月夜に浮かぶ白い手袋の先に、礼儀正しく指先を置くと、彼が恭（うやうや）しくエスコートしてオーレリアを広間に案内してくれる。

先ほどまでは、周囲からどう見られるかを気にしてばかりだった。

けれど、シリルといるとそんなことは気にならない。

誰もが彼の美貌に目を奪われてしまうからだ。

豪華なシャンデリアの明かりの下、長身のふたりは優雅にダンスを踊る。羽扇で覆われた幾人もの唇から、感嘆のため息が漏れた。

——みんな、シリルに見惚（みと）れている。

黒髪は艶（つや）やかな輝きを放ち、フロックコートの裾がターンのたびに裏地の紫がひらりと覗（のぞ）いた。

軽やかなステップを踏む長い脚と、悠然とした優しい表情。

どこからどう見ても完璧な王子さまだ。

「なんてお似合いのおふたりかしら」

「ため息が出てしまいますわ」

誰かの声が聞こえる。

――シリルと踊れば、きっと誰でもお姫さまに見えるんだろうな。

オーレリアだって造形が整っているのは間違いない。悪役令嬢は往々にして美人キャラなのだ。それでも、シリルと並んで立ったときには、皆が彼に視線を集中させる。

この人と一緒にいるのは、とても楽だ。

自分がどう見られるかなんて、考える必要がなくなるのだから――

ダンスが終わり、なんだか体が軽くなったような気がする。

――偽装婚約したいけど、誰でもいいなんて自暴自棄になることはなかったわ。

憑き物が落ちたような心境になれたのは、きっとシリルのおかげだと思う。

ドレスの裾を左右の手でちょんとつまみ、オーレリアは彼にお辞儀をひとつ。

「シリル殿下、ありがとうございました」

すると、シリルは黒い瞳をキラキラと輝かせ、つかみかからんばかりに近づいてきた。なんなら、ダンスのときよりも距離が近い。

「オーレリア、あなたはなんとすばらしい方でしょうか。手から伝わってくる豊満な魔力に、私の全身が融けてしまいそうです。けれど、先ほどエロいと罵られたのが極上のご褒美でした……。あんなふうにカジュアルな話し方をしてくださる方が身近にいないもので、とても新鮮です。魔力ともどもごちそうさまです。どうぞまた、あなたをおいしく食べさせていただけませんか？」

――ほんとうに美しい顔なのに、大丈夫かな、この人。

恍惚（こうこつ）としたシリルを前に、オーレリアは引きつり笑いしかできなかった。相手を探しているとはいえ、彼に決めてもいいのかちょっと……いやかなり不安だ。

「またの機会がありましたら……」

「では、またの機会の前に今夜をともに過ごさせてください。ああ、これほどまでに興奮したのは生まれてこの方初めてです。それというのも、あなたというすばらしい存在がいてくれるがゆえです。おわかりいただけるでしょうか。私のこの喜びを――」

結局その夜は、シリルにつきまとわれてほかの男性とは話もできなかった。

§　§　§

王立魔法学院の生徒たちは、皆そろいの制服を着用している。

男子は白地に紫の刺繍が入った学生服、女子は同じ色合いのセーラーカラーのセットアップだ。

そのため、朝の通学時間には太陽の光を浴びて、皆の制服が美しく輝いている。オーレリアはそれを見るのが好きだ。

光あふれる景色は、希望を感じる。

しかし、週明けの月曜日、今日はいつもより視界が眩（まぶ）しい。

――なんだか妙に校門付近が人だかりになっているけれど。

普段は、学院の生徒たちも学院付近まで馬車で乗り付けはしても、学院前まで馬車に乗ってくることはない。

それを許されるのは王族のみという暗黙の了解がある。なので、現在在学中の王族――ブラッドだけが校門前までの馬車登校をしている。

人の集まる中心には、一台の豪奢な馬車が停まっていた。

王族の紋章が刻まれた馬車だ。つまり、ブラッドの乗ってきた馬車だろうと思っていると、人混みの中心から黒い外套をまとった男性が姿を現したではないか。

「オーレリア！　私の麗しの姫、お待ちしていました」

どくん、と心臓が大きく跳ねた。

衣服だけではなく、髪も瞳も黒い美貌の人物が右手を挙げる。その所作すらも、たまらなく優雅なのに。

「まあ、シリル殿下！　おはようございます。なぜ学院に……？」

――朝陽の中で見ると、ますます美しい。顔だけなら完璧に好みなんだけど、ちょっとこの人、なんていうか……

はっきり言いにくいけれど、イケメン残念殿下だ。

それなのに、会うたびにドキドキしてしまう自分が悔しい。

「もちろんあなたに会うためです。私はあなたの下僕ですから」

「皆が本気にしてしまいますわ。うふふ」

――シリル殿下を下僕扱いしているなんてことになったら、悪役令嬢度が上がっちゃう！

「構いません。ただの真実です」

女子生徒だけではなく、男子生徒までもが見惚れるほどの極上の笑みで、彼が外套を翻す。

「あなたに会いたくて会いたくて、気がついたらここへ来てしまったのです」

「まあ、先週にお会いしたばかりですのに？」

実際、なぜ彼が自分に固執しているのかわからない。突然こんなに距離を詰められると、ちょっと緊張してしまう。

何しろ、シリルはたまらなく美しい。ゲーム内の設定も、最高にオーレリアの好みなのだ。

――あまり近づかれると、ドキドキしちゃうから！　距離を考えて！

「ええ、あなたのことを考えると居ても立ってもいられなくなってしまったのです」

ふたりの会話に興味津々の生徒たちだが、予鈴の時間が近づいてくると次第に学内へ消えていく。残されるのは、シリルとオーレリアのみ。

「殿下、申し訳ないのですがわたくしはこれから講義に出席しなければいけませんの。このあたりで失礼して――」

「懐かしいですね。私もこの学院の卒業生なのです」

考えてみれば当然のことだろう。王族で、これほどまでの特殊な魔法の持ち主だ。

「今日は、学院長と約束があって訪問しました。よろしければ、学院内までご一緒させていただけませんか？」

「……ええ、もちろんですわ」

本音を言えば、お断りしたい。

オーレリアは今、偽装婚約の相手を探すことに尽力している。学内で見つかるわけではないけれど、特定の異性とふたりでいるところが噂になれば、出会いの機会が減ってしまう。

まして相手はシリルだ。第三王子なのだ。

ますますまともな男性は、オーレリアに近づいてくれなくなるではないか。

「オーレリアは何年生に在籍しているのですか？」

「二年です」

返事をしたとたん、彼はため息をつく。二年生で何か悪いのだろうか。

「なるほど、それでは卒業までまだ丸二年もあるのですね……」

二年になったばかりなのだから、それはそのとおり。

学院の敷地内を並んで歩くふたりに、ほかの生徒たちがちらちらと視線を向けてくる。

その気持ちはわからなくない。シリルが美しいからというのもあるのだが、彼からはほのかに夜の香りがする。

朝陽を浴びるには、その美貌はあまりに繊細だ。

「わたくしの卒業が殿下に何か影響するのでしょうか」

影響しませんよね、と言いたいのをこらえただけ誰かに褒めてもらいたい。反語表現だ。

「ええ、あなたに求婚しに来たのですがあと二年は結婚もできないのかと気づいてしまいました」

「まあ、そうでしたの。わたくしにきゅうこ……って、ええっ⁉」

——求婚って、本気だったの⁉

たしかにオーレリアは偽装婚約の相手を求めているけれど、王族とガチで婚約なんてしたら逃げられないのは目に見えている。

だが、これを逃したら悪役令嬢破滅ルート待ったなしかもしれない。

いや、しかし——

「そんなに悩まれずとも、軽くお引き受けいただけましたら嬉しい限りです。私は王位継承権こそ放棄していますが、一応王族ではありますので資産も安泰ですし、体もあなたの与えてくださる魔力のおかげで丈夫ですから、子作りには精力的に取り組めます。ああ、ですが子どもが生まれてしまうとあなたを独占できなくなりますね。結婚して最低でも二年はふたりきりの生活を送りたいので、避妊魔法を習得しておきます。これで安心していただけますね、オーレリア」

「安心できるかっ！」

——しまった、素(す)が出て……

いつだって公爵令嬢として恥ずかしくない振る舞いをしてきたというのに、シリルといるとどうにも調子が狂う。

「それです、オーレリア！」

彼は、恍惚とした表情でオーレリアの手を両手で握った。なぜ、とオーレリアが思ったのは当然だろう。

「あなたの飾らない言葉に、私はひどく興奮してしまうのです。ひと目でわかる高貴な相貌にそぐわない、ワイルドな言葉遣い……。ぜひ、私とふたりのときだけはそうしたあなたらしさを感じさせてください」

「は、はあ」

——これはつまり、ふたりのときはわたしに口悪くしゃべってほしい、って意味でいいのかな。

絶対違うと思うんだけど。

王族相手にそんなことができる人間は、たしかにいないのだろう。

だからといって、オーレリアに求められても困るのだ。

はっきりとした返事をすると角が立つ。かといって、曖昧にするにも相手が目の前にいては難しい。

さて、どうしよう。

そう思ったときに、オーレリアを助けるように予鈴が鳴り響く。

「あっ、講義が始まるのでわたしは行きます。殿下も用事がないならさっさと帰ってくださいね。それでは！」

シリルが素のままの会話を望んだのだから、と言い訳をして、確実に失礼な言い回しでその場から駆け出した。

「あっ、オーレリア……！」

——これ以上つきあっていたら、遅刻する。遅刻くらいなんとでもなるけれど、この人と婚約はやっぱり御免だ！

脱兎（だっと）のごとく逃げ出したオーレリアの金髪が、冷たい秋風にひゅうとたなびく。

これで諦めてくれればいいけれど、そうはならない予感もしなくはない。

オーレリアは、令嬢らしさもかなぐり捨てて全速力で走り抜けた。

彼を、置き去りにして。

§　§　§

「習得しました」

「…………」

一日の講義が終わり、帰路についたオーレリアを待っていたのは、学院前でぶるぶる震えて唇が青くなっているシリルだ。

——この人、国を代表する魔法騎士だよね？　魔法で暖を取るくらいしてもいいよね？？？

そして、朝に習得しておきますと言った魔法をもう習得して帰ってきたというのはあまりに天才が過ぎる。

何を習得したかは聞かずにおこう。

少なくとも、人前で口に出す言葉ではないのだ。

「これで安心して求婚を受けていただけますね。あなたが卒業されるまでは、我が魔法でそのお体をお守りいたします」

「いえ、そういう話じゃないですから」

逃げるように速足になったものの、脚の長いシリルは余裕で追いついてくる。

朝の通学時と違い、帰り道は生徒たちもまばらだ。

なので、多少令嬢らしからぬ態度で対応していても、見ている者は少ないだろう。

「ですが、避妊魔法さえあれば妊娠の心配はありません」

こちらがあえて口に出さずにいた魔法について、彼ははっきりと発言する。

「そういう話じゃないんです！」

決してシリルのほうを振り向かず、オーレリアは歩を進めた。

一度でも立ち止まったら、彼に呑み込まれてしまう。そんな気がしていた。

その姿をまともに目に入れると、調子のおかしい言動も帳消しになってしまうほど、シリルには魅力がある。さらに王族として育ったからなのか、妙に言葉の圧があった。

「ではどういうお話なのか、どうぞお聞かせくださいませんか? 私には、あなたのお求めになっているものをすべて差し出す準備があります」

——わたしのほしいものは、のちに婚約破棄を受け入れてくれる偽装婚約の相手です。本気で求婚されては困るんです!

しかも、オーレリアの目に彼はあまりに魅力的に映る。多少残念なところすら、個性的に思えてくるだなんて危険だ。

「とっ、とりあえず、殿下は体を温めてください! そのままでは風邪をひきます」

背の高い彼に向き直り、足を止める。

鞄(かばん)にしまってあったマフラーを取り出して、彼の首元にぐるりとそれを巻き付けた。

ぐるぐる、ぐるり。

長いマフラーを巻くと、細身で首の長いシリルのスタイルの良さが際立つ。

——どうしよう、顔が近い。

間近で麗しいシリルの顔を見てしまい、緊張して目を伏せる。

「ああ、あなたの魔力と同じ香りがします……」

くんくんと鼻を鳴らしそうなシリルが、目を閉じてうっとりしている。

このくらいは、オーレリアももう想定内の反応だった。

美貌に目が眩むから、彼の言動に違和感を覚えるのだ。最初からちょっとヘンタイだと思っておけば、それほど戸惑うこともない。

「殿下はもう少し厚着をされたほうがよろしいのでは……」

「あなたがそうおっしゃるのでしたら、いかようにも。オーレリア、私はあなたの与えてくださるものなら、罪でも毒でも蜜でも夢でも喜んで受け止めます」

――どうしていきなり、そんなに距離を詰めてきちゃうの？

オーレリアは、一歩下がって話題をそらす。

「その馬車は殿下の乗ってこられた馬車ですよね」

「ええ、そうです。私の馬車にご興味をお持ちくださったのですか？」

御者は主人が歩いていってしまうのに困ったのか、彼のうしろをゆっくりと追いかけてきている。

御者には御者の苦労があるのだろう。

オーレリアは、さっと周囲を確認した。

同じ制服の生徒の姿はない。今ならいける。

「殿下は、馬車に乗ってくださいー！」

こちらの考えを理解していたのか、御者はよきタイミングで馬車の扉を開けた。

そして、オーレリアはシリルの背中をぐいと押す。

馬車に詰め込んで帰してしまえばいい。

無礼だと憤慨されて、ついでに今朝の求婚も忘れてもらいたい。

けれど、事態は思惑とは別の展開を見せる。

「なっ……」

彼の背中を押した手をつかみ返され、さらに体を抱き寄せられた。

一瞬のことに、何が起こったのかすらわからない。

次の瞬間、オーレリアはシリルとふたりで馬車の座席に座っていたのだから。

——今のは、魔法……じゃない、よね？

目の前で馬車の扉が外から閉められる。

つまり、オーレリアの考えを察してくれたと思った御者は、そもそもシリルによって今の一連の行動を指示されていたということになる。

謀られた。行動の先を読まれていた。

すぐに馬車は動き出し、本日何回目になるかわからないため息を漏らす。

「……わざとですね？」

シリルは幸せそうに微笑んだ。

「はい。私はあなたの自由闊達(かったつ)な言葉をお聞かせいただくため、こうして馬車に迎え入れるタイミングを待っていました。そのためならば、雪降る中であなたを四時間待つのにも一切の苦痛はありません」

「盛りすぎ！　雪は降ってない！」

なんなら、馬車の中で待っていることだってできた。放課後近くなって外に出たとしても、今日はじゅうぶんに寒い。

冷たい空の下、健気に待っていた演出は可能だろう。

「それです。ああ、すばらしい。もっとお聞かせください。私はあなたの自由な魂に心奪われたのです」

ワイルドと言われたり、自由闊達と言われたり、まったくオーレリアには彼の趣味がわからなくなる。

——とりあえず理由はさておき、シリルにものすごく懐かれてしまったのだけはわかる。彼の気持ちが、どういう種類のものかはわからないけど……

「殿下は本気ですか？」

正気ですか、と問いたいところを、かろうじてわきまえる。

「はい。我が心はあなたのもの。踏みにじるも切り開くもご自由に」

「いえ、そういう意味じゃなく、わたしに求婚してくださっているのは本気ですか、と」

「もちろん、私はいつでも本音を語っていますよ。避妊魔法も、数時間かけて習得いたしました。

実践経験はありませんが、ご心配であれば今日これからすぐにでも我が離宮にてご確認をいただければと思いますが――」

避妊魔法の実践には、その前の行為が前提となるわけで。

「でっ、できるわけありませんっ！」

「なぜでしょう。お試しいただいて、魔法に不備があった場合には、私はすべての責任を取る心の準備ができています。なんなら、あえて失敗したい気持ちです」

「そんなことを言われて、試してみる気になると思いますか？」

彼が、黙って何かを考えている。考えるまでもなく、結論は出ているはずだ。

「そのときには、喜んで結婚させていただきます。いっそ、そうなれと願っています」

「……それは、殿下のお気持ちということで。わたしの気持ちは？」

「そうですね。諦めて結婚してくださるのかな、と思っています」

――とにかく結婚したいということ？　殿下にも、何かそういう事情があるのかしら。

オーレリアは、美しいシリルの顔(かんばせ)をじっと見つめて考える。

もしも彼にもなんらかの事情があって結婚を偽装する必要があるのなら、これはお互いにとって良いことなのかもしれない。

――シリルに明かしていい？　余計なことを言って、まずい状況にならない？

自問への自答は「とにかく死にたくない！」だ。

目先の問題に対処できなければ、その先の面倒を考えたところで意味はない。となれば、選択肢はひとつ。オーレリアは深呼吸をして、気持ちを整えた。

「わたくしは、訳あって偽装婚約をしてくださる殿方を探しています」

結婚への返答ではない。だが、これで彼が偽装婚約に同意してくれれば、話は違ってくる。

小さな期待を胸に、オーレリアはシリルを凝視する。

彼は幸せに満ちた笑みを浮かべた。

「これは奇遇ですね。私の望みも偽装婚約です」

「え、結婚をしたいのでは……？」

先ほどまでの発言を秒速で裏切っているシリルを前に、オーレリアのほうが困惑してしまう。

「これほどまでに考えが一致するとは、まさしく私たちは結婚するしかない――いえ、偽装婚約するしかありません。偽装婚約の相手は、この私以外に考えられないでしょう。オーレリア、我が偽装求婚をどうぞ受けてください」

偽装とつければいいというものではないと言いたい。言いたいけれど。

――第三王子との婚約なら、誰も疑わない。この国の英雄、魔法騎士、特殊魔法の持ち主シリル殿下。これ以上の相手はいないわ。

そう思っているのに、即答できない。

「……少し考えていいですか？」

欲が出た。即座に断れない時点で、勝敗は決まっている。

「五秒で足りるといいのですが……」

眉根を寄せたシリルが、心配顔で首を傾げた。五秒しか考える猶予はくれないらしい。

「足りませんっ」

「では、私の勝ちですね」

そう、この勝負の軍配はシリルに上がっているのだろう。

「勝敗の話なのでしょうか？」

「はい、オーレリアは私の婚約者となってくだされば、あなたも勝ちですよ。必要なものを手に入れるのです。私はあなたを、あなたは偽装婚約の相手を」

――シリルはわたしを手に入れたいの？

こんなに真摯に求められると、言っていることに多少おかしな点があっても胸がときめいてしまう。

彼はどういうつもりでオーレリアを望んでくれているのか。

「同意いただけますね、オーレリア？」

黒髪がさらりと揺れて、シリルはこの上なく美しい笑みを浮かべた。

一瞬、オーレリアは目を、心を、吐息を奪われる。

心臓が高鳴り、返事ができなくなる。人は見た目がすべてではない。けれど、顔には人間性が出るものだ。

——息が苦しくなる。この人を見ていると、心を引き寄せられるみたいで……

どうしてこんなにせつなくなるのか、オーレリアにも理由はわからない。

「そんなに見つめないでください。こらえきれなくなってしまいます」

「こらえるって、何を……」

彼との距離がぐんと詰まる。思わず目を閉じると、呼吸が止まった。

比喩ではない。ほんとうに、呼吸が——

「！　ん、んっ……」

彼の唇に、奪われているのだ。

——わたし、キスされてる。どうして？　こんな、初めてなのに。

両手でシリルの胸を押し返すけれど、力が入らない。

初めてのキスに、指先は震えていた。そして、細身に見えてもシリルは一流の魔法騎士である。

オーレリアの指先は、衣服の下の鍛えた筋肉にまったく敵わない。

「や、ぁ……、んんっ！」

顔を背けて抗いの言葉を吐こうとしたところを狙われ、さらには舌までもねじ込まれてしまう。

——ウソ。口の中に、舌が……

前世から含めても生まれて初めてのキスだというのに、初心者にはあまりにハードルが高い。

「は……、オーレリア……」

甘く名前を呼ばれれば、体中が溶けてしまいそうになる。せつなげな吐息は、心をぎゅっと締めつけてきた。

――こんなの、ダメ。こんなキス、されたら。

彼の舌から逃れようと引っ込めた舌先を、シリルがつんとつついた。

「んく……っ」

胸の奥で痛みにも似たせつなさがこみ上げ、オーレリアは喉をそらす。そこに覆いかぶさる体勢で、シリルはさらにキスを深めてくる。

――口の中、舐められてる……！

口蓋に、舌先がかすめた。くすぐったいのか、感じているのか。もう自分でもわからない。

伏せた睫毛が震える。

刹那、舌でなぞられる部分にチリッと小さな痛みが走った。けれど、それは気づく間もなくすぐに消えていく。

「ぷはっ！　はぁ、はあぁぁ……っ」

キスから解放されたオーレリアは、文句のひとつも言おうと口を開いたけれど、息が上がってなかなか言葉がまとまらない。

この美しい男は、いったい何を考えているのだろう。

これまでカネナル世界で見てきたほかの人間は、皆それなりに常識ある行動を取っていた。

攻略対象しかり、主人公しかり。

なんなら、ゲームに登場しないオーレリアの両親、妹、弟、とりまき令嬢たちや学院の教師だって、彼らはきちんと人間らしい思考と行動を持ち合わせている。

シリルだけが、まったく理解できない。

まさかとは思うが、彼はもともとこういう設定だとでもいうのだろうか。

「い、いったい何を考えてこんなこと……」

ファーストキスだけではなく、いろいろなものを奪われてしまった気分だ。

彼の舌に蹂躙(じゅうりん)された口腔(こうこう)が、まだ奇妙な感覚に疼(うず)いている。

「もちろん、誓いのキスです」

動じることなく、シリルはふわりと微笑んだ。そこだけ切り取れば、完璧な王子さまの笑みだった。

「それ、婚約じゃなくて結婚のときにするってわかってる？　ていうか、わたしたちまだ婚約だってしてないし、こんなんじゃ偽装婚約だって無理でしょ！」

「いいい、こんなんというのは、どんな点で無理だとご判断されたのでしょうか」

「こらえ性なしに、いきなりキスしてくることよ！」

ふむ、と彼が顎に指を添えて考える。

悔しいことに、不思議系ヤンデレ男子は前世の自分も嫌いではなかった。むしろ大好物である。

「オーレリア、私は国一番の性欲の持ち主かもしれません」

「…………」

開いた口が塞がらないとは、こういう状況を言う。

偽装婚約について検討する機会があったとして、そこで自身の巨大性欲を語る理由なんてあるだろうか。

「オーレリア？」

「聞いてるから、一応、続けて」

「つまり、国一番の性欲を持ち合わせながら、私はこれまでの人生二十二年、一度たりとも女性とまぐわった経験がないということです」

続けてもらったものの、混乱は極まるばかりだ。

――今わたし、イケメンの童貞宣言を聞かされてるの？

いや、いったん落ち着こう。シリルの言いたいことを、理解する努力は必要だ。

「うん、わかった。それで、国一番の……っていうのは、どうやって判断したんですか？」

あえて童貞宣言はスルーの方向に舵を切る。

「ご存知のとおり、魔力は生命力です」

――よし、これは理解できるわ。

「つまり、多くの魔力を吸収して受け止められる私という器は、じゅうぶんすぎるほど生命力にあふれている、生命力の権化といえる存在でしょう」

——んんん？

「生命力とは、生きる力。人間という種が生きる目的とは何かを考えたとき、それは生きつづけることであると考えられます。種として生きつづけるとはどういうことか。それすなわち、種の保存です。子を成し、自身の遺伝子をつなぐことを意味します。ならば魔力、魔法に優れているということは性欲の塊だということに——」

「なりませんっ」

「おや、ご納得いただけないご様子ですね」

まじめに聞いた自分がバカだった。

彼の魔法使いとして——いや、魔法騎士としての能力値がデュカウル随一だとしても、それが性欲ナンバーワンに直結する理由はない。

「その論理を認めたら、魔力量でいうとわたしもそちら側になるんですよ。そんなの、納得できるわけがないんです」

「ああ、あなたはまだご自身のこともおわかりでないのでしょう。膨大な魔力は強き生命の証なのです。そのあり余る生命力を、私とともに昇華させてみませんか？」

「あの、それ、けっこうひどい誘い文句じゃないです……？」

「そんなに褒められては興奮してしまいます」

ぽっと頬を赤らめたシリルが、肩をすくめた。

――デュカウル王国のみなさーん！　この国の第三王子が大変でーす！

馬車の窓を開けて叫びたいところだが、不敬罪で捕まったらゲームとは無関係に断罪されてしまう。

黙って息を吐くと、彼がオーレリアの肩に手を置いた。

「これ以上おそばにいると、取り返しのつかないことをしてしまうかもしれません。ふたりきりというのは危険ですね」

「あ、はい……」

否定する気力すら失い、彼の言葉に追従する。こんなに魅力的なのに、言動が残念なシリル。どうしようもないのは、彼のほうではない。

――そういうところをかっこいいと思うわたしの好みの問題なんだ！

「偽装婚約のための第一歩をともに踏み出しましょう。現在、あなたのお父上であるローウェル公爵に王宮へ足をお運びいただいております。このまま、互いの父に婚約報告とまいりましょうか」

「……えっ？」

あまりの手回しのよさに、呼吸すらも忘れてしまう。

――この人、陛下とお父さまを王宮に待たせた上で、自分の離宮で避妊魔法の確認させようと

してたの⁉

五秒では、とてもまとめきれない状況だった。

それでも選べと言われたら？

死か、婚約か。

「行きますわ、王宮に！」

「そうおっしゃってくださると思っていました。やはり、五秒も必要ありませんでしたね」

最悪の結末は、死だ。そのルートは断ち切らねばならない。

にこにこのシリルを前に、オーレリアは腹をくくった。

§　§　§

——たしかに、ここはゲームの世界だ。そんなのはわかってる。

自宅に帰ったオーレリアは、自室のベッドに倒れ込んだ。

昼間なら、ふて寝を決め込むタイミングなのだが、窓の外はすでにとっぷりと夜の帳（とばり）に覆われている。

夜に寝たら、それはただの健康的な睡眠だ。

「いくらゲームだからって、こんな簡単に婚約成立する？　相手、王族よ？」

今日求婚されて、即日婚約が認められてしまった。

あまりの展開の速さについていけない。

ご都合主義ならまだしも、相手はすでにすべての手を打ってオーレリアを待っていた。

策士だ。ドヘンタイエロ童貞策士王子。シリルの属性は留まるところを知らない。しかもそのどれもこれもがオーレリアの性癖に刺さる。

――お父さまもお父さまよ。前々から、求婚の打診があっただなんて、わたしは初耳なんだけど！

王宮に到着したふたりは、最初から祝福モードで出迎えられた。

王も王妃も父も宰相も大臣たちも、なんなら侍女や御者までもが、ふたりの婚約を祝ってくれた。

問題は――

「……でも、シリルは結婚がしたいだけ」

彼もまた、なんらかの事情で結婚したかった。だからこそ、話が簡単にまとまった。

なにしろ、会ったのはこの間の夜会が初めてなのだ。

――相手はわたしでなくてもよかったんだ。期待しちゃダメ。

オーレリアの当面の目標は、生きのびることである。

悪役令嬢ではなく、公爵令嬢オーレリアというひとりの人間として、人並みの恋愛や幸せを味わいたい。

——まずはなんとか生き延びて、それから先のことを考える！

死なない程度の死ぬ気になれば、たいていのことはかすり傷だ。

彼の気持ちよりも、シリルの婚約者という立場がオーレリアには何より大事なのだと、自分に言い聞かせた。

——今日はがんばった。緊張して表情が引きつらないよう、ずーっとがんばってた。あとは入浴して、ぐっすり寝よう。

侍女を呼んで風呂の準備を頼もうと思った、そのとき。

廊下から、コンコンと控えめなノックの音が聞こえてきた。

「はい」

「オーレリアさま、第三王子シリル殿下より贈り物が届いています」

オーレリアの側仕えであるアイリだ。

「は？　どうして？」

問うたところで、アイリにわかるはずもない。

「公爵さまから、お部屋に運ぶようにとのご指示がありましたので——」

まだ夕食もとっていない。入浴だって準備すらできていない。

それなのに、オーレリアの居室に、大量のプレゼントを積み上げて夜は更けていく。

アイリの指示で、侍女たちが必死に片付けを始める。箱をひとつひとつ開けては、中身をオーレリアに確認させるのだ。

ドレスにアクセサリー、帽子、手袋、絹の靴下にハンカチ、靴、花束、オルゴール、化粧品、羽扇にまた靴、アクセサリー。

箱を開ければ開けるほど、頭が痛くなってくる。

——先週末に出会って、何をどうしたらこの量の贈り物をそろえられるの⁉

時間が遅くなり、今日のところはかろうじて半分ほどの箱を開けて残りは明日に、ということになった。

大きい箱がまだいくつも残っているので、オーレリアの居室はかなりの場所を占領されている。

これでも一応、名のある公爵令嬢の部屋だ。

部屋が狭いのではなく、届いた贈り物が多すぎたという話でしかない。

「オーレリアさま、お湯の準備が整いました。お疲れでしょうから、どうぞ浴室へ」

「ありがとう、アイリ」

「それと、遅くなってしまいましたが——」

馴染(なじ)みの侍女は、やわらかに微笑む。

「ご婚約、おめでとうございます。どうぞお幸せに」

「……ありがとう、うん、ありがとう」

この世界には、ガスも電気も通っていない。その代わり、ライフラインはすべて魔力でまかなわれている。おかげで、毎晩お風呂に入れる。

婚約者が何を考えているかわからないことはいったん横において、オーレリアは入浴を楽しんだ。

シリルに心惹かれてしまう自分から、目をそらすように。

§　§　§

入浴を終えて、ナイトドレスにガウン姿で寝台に横たわった。

見慣れた天井と、壁に取り付けられた魔力で光る石のランプが、オーレリアを慰めてくれる。

寝室は、居室と続き間になっていて、それぞれの部屋は廊下から出入りができる構造だ。湯上がりに居室を通らず寝室へ戻ったのは、現実から目をそらしたかったからかもしれない。

――何はともあれ婚約した。これで、断罪エンドから少しは離れられるといいんだけど……。

右腕をまぶたの上に乗せ、目を休める。

九月、新学期が始まったとたん、オーレリアの世界はあまりに慌ただしくなりすぎた。

ベンジャミンの鐘が鳴る十二月まで、ゲームの作中期間はずっとこの調子なのだろうか――

ゴト、ゴトゴト、ガタン。

「っっ……!?」

隣室から唐突に物音が聞こえて、オーレリアはがばっと起き上がった。

大量に運び込まれた贈り物は、うず高く積み上げられた状態である。そのどれかが落ちたのか。

ガタゴト、ゴトンッ。

――おかしい。落ちただけの音じゃない。

室内履きに足を入れ、オーレリアはランプを手に取って居室へ向かう。

稀代の魔法使いから贈られたものの中に、まさかとは思うが生き物でもいてはたまらない。いや、愛玩動物ならまだいいが、あのシリルが選んだとなると何が起こっても不思議はないのだ。

続き間の扉を開けると、居室は真っ暗だった。

目を凝らすと、何か大きなものが部屋の中心に――

「ひッ……⁉」

「オーレリア！」

ランプで照らした先には、黒い外套に身を包んだシリルが立っている。

どこから侵入したのかと、思わず窓の鍵を確認してしまった。侍女たちの仕事は完璧で、どの窓も鍵はかかっていた。つまり、シリルは――

「な、何を考えてるのっ⁉」

贈り物の箱に入って、オーレリアの居室に運ばれてきたとしか考えられない。

「もちろん、あなたのことを考えていました」

「…………」

なぜ、威張っているのかは考えないようにしよう。

「淑女の部屋に忍び込むことがどれほど罪深いかは存じ上げております。けれど、あなたが驚いてくださるかもしれないと思ったら、後先考えられなくなって、つい箱に入ってしまいました」

――どこのお笑い芸人よ。体、張りすぎでは⁉

「つい、って……」

「明日まで開けてもらえないとわかったときには少々悲しんだものですが、あなたがおひとりになられるのを待って出てまいりました。オーレリア、どうか今夜ひと晩、あなたのおそばに置いてくださいませんか？」

ランプの明かりしかないこの部屋で、黒髪の男は艶冶に微笑む。

どうしようもない美貌と、とんでもない発想と、果てしない行動力を持つシリル。

――そして、こんな男にときめいてしまうだなんて。

心拍数が上がっていくのを、オーレリアは自覚している。

「……殿下」

「シリルとお呼びください」

「いや、あの、」

そうではなく、魔法を使えば彼ならここから誰にも見つからずに帰ることができるのでは、と思ったのだが、それを話す前で躓いてしまう。

「名すら呼んでいただけないとなれば、私に存在価値はありません。この身はあなたのもの。不要とあらばこのナイフで――」

言うが早いか、彼はどこからともなく取り出した銀の刃を自分の喉に突きつける。

名前を呼んでもらえないだけで自死するだなんて、本気だとは思わない。思わないけれど、この男は何をするか見当もつかないのだ。

「呼ぶから、呼びますから！　シリル、お願い、物騒なものはしまって！」

「あなたの仰せのままに」

幸せいっぱいの笑顔で、彼がナイフを鞘に収める。むしろ、その鞘はどこから出てきたのやら。

「えーとなんの話だったっけ。そう、シリルなら魔法を使えば帰れるでしょう？」

「帰れないとは申しませんが、帰りたくない気持ちはおわかりいただけませんか？」

疑問形に疑問形で返してくる彼は、つまり帰る気がないらしい。

ここで言い争いをして、侍女が駆けつけると面倒なことになる。

深夜、未婚の令嬢の部屋に、婚約者とはいえ男性がいては誤解を招く。むしろ、不埒な関係だと思われて当然だろう。

「……わかりました。わたしは隣の部屋で寝ますので、シリルはどうぞこちらのソファをお使いになってくださる？」

シリルをひと晩、部屋で匿う以外に道はない。あるかもしれないけれど、彼はその道を歩いてくれないのがオーレリアにももうわかっている。

「だからって、わたしのベッドで一緒に寝るなんて嫌ですからね！」

さすがに最後の一線は守り抜きたい。唇のように簡単に奪われてなるものか。

「ええ、心得ております。私はこう見えても第三王子ですが、床であろうと長椅子であろうとあなたが許してくださる場所で休ませていただきます」

――第三王子の圧が強い強い！

暗に「王子をソファや床で寝かせるつもりか」と言っているのが、しっかりと伝わってきた。

「っっ……、わかった、わかりました！」

結論として、彼の両手首をひとつに縛り、目隠しをした上で、オーレリアのベッドで一緒に寝ることになった。

倒錯的ともいえるシチュエーションだが、それを望んだわけではない。

「あなたはほんとうにお優しいのですね、オーレリア」

「殿下はなんていうか、強引にもほどがありますよね……」

この状況で、優しいと言われるのは複雑な気持ちがする。

勝手に箱に入って運ばれてきておいて、ひと晩泊めてほしいと駄々をこね、挙句の果てに「優しい」とは。

「ああ、そんな褒め言葉をいただいては、」

「興奮するところじゃないから！」

小声で、けれどもはっきりと否定する。

この状況で興奮されるのは、さすがに身の危険を感じてしまう。

「私をよくご理解くださっていることに、感謝いたします」

縛った両腕を頭から通され、彼の腕の中にすっぽりと抱きしめられた。

「ちょっ、何を」

身の危険、第二弾。むしろ、純潔の危機だ。

「魅力的なあなたを前に、手が勝手に。ああ、申し訳ありません、我が婚約者どの」

「手は勝手に動かないっ！　シリル、何、ちょっと……、あっ！」

「しーっ、声を出しては誰かに気づかれてしまいますよ……？」

背中に回った彼の手は、背骨をなぞる素振りで腰へ下りていく。

つう、と布越しに触れられて体が反った。

――何、これ……！

ただ触れられているだけ。それも、背中だ。性感帯ではない。

それなのに、腰の奥に甘いものがわだかまる。

オーレリアの知らない、快感の予感。

「震えていますね。私が怖いのですか？」

「っっ……、へんな、さわりかた、するから……っ」

「ああ、感じてくださっているのですね。あなたは心も体も、私に反応してくださる。それがどれほど嬉しいか、おわかりでしょうか」

体はともかく、心は——そう思ったときには、目隠しで見えないはずの彼が顔と顔を近づけてくる。

鼻梁(びりょう)の通った鼻が、オーレリアの頬をかすめた。

「くすぐったい、や、だ……っ」

「逃げないでください」

「で、殿下！　やめ……ん、んっ」

ついに唇を探り当て、シリルが甘いキスでオーレリアの声を奪っていく。

馬車の中でされたときとは、何かが違う。

あのときよりも必死に、すがるように唇を求められている感覚があった。

おそらく、それは彼が視界を奪われているがゆえだろう。

——舌、また……！

口腔ににゅぷ、とシリルの舌が割り込んでくる。すると、追い返したいのに逃げられなくて、歯列を内側から舐(ねぶ)られた。

彼の舌先は、ゆっくりとオーレリアの粘膜をなぞり、上顎をちろちろとくすぐった。

「っっ……！　ん、ぅ」

とある一点に、舌が触れた瞬間。

体がびくんと大きく震える。

——待って、これ、おかしい。

反射的に内腿をぎゅっと閉じ合わせた。けれど、脚の間にピリピリと痺れるような感覚が止まらない。

膝をすり合わせて、体の内側に起こる変化を懸命にこらえようとするものの、自分の動きがいっそう快感を芽吹かせる。

——やだ、どうして……？

「オーレリア、避妊魔法のお試しはされなくてだいじょうぶですか？」

「た、試しませんっ！」

「つまり、私の子を産んでくださると……？」

「そういうことはしないって意味よ！」

ぐいと彼の胸を押しのけ、輪になった腕の中から身を抜いた。

「おとなしく寝てくれないなら、追い出します」

つとめて声を低くし、脅すように告げる。

「わかりました。お試しは、またの機会にいたしましょう」

「……おやすみなさい」

「おやすみなさい、愛しのオーレリア」

――明日の朝、侍女が来る前に殿下をどうにかしないと……

こんな状況で眠れるか、自分でも心配だった。

けれど、たいそう健康で相当に疲れていたオーレリアは、ものの数分ですうすう寝入ってしまった。

「ほんとうに屈託のない人だ。あまりの無防備さに感動するほどですよ」

寝ているオーレリアの隣で、いともたやすく魔法で束縛をほどき、シリルは目隠しをはずす。

ランプの明かりに照らされた、美しいたくらみの笑顔を知る者は誰もいない――

§　§　§

「いやだよ、もういやだ、こんなのいやだぁ」

夢の中で、子どもが泣いている。

――泣いたところで許してもらえないとも知らずに、なんと愚かな。

シリルは自分の過去に対し、左頬を歪めた。

何度も見たことのある夢だ。自分では意識していなくとも、トラウマとなっているのかもしれない。

生まれてすぐに魔力吸収の能力があると判明したシリルは、幼いころから国内の魔力量が多い者たちから吸い上げをしなければいけなかった。

魔力吸収の能力者には自前の魔力がほとんどないから——というのが表立った理由だが、ほんとうのところは、あまりに膨大な魔力の持ち主を放っておくと、暴走や反乱の可能性があり、それを防ぐために王国民の魔力量を平均化し、特殊な能力者を管理することで、魔法大国デュカウルは安寧を得ていた。

王家に生まれてしまったがゆえに、シリルはその責務を幼いころから果たしつづけている。

「あなたは特別な子なのだから」

「特殊魔法は、神の与えしギフトなのですよ」

「国のために耐えなければいけませんね」

大人たちの勝手な言い分、魔力から伝わってくる人間の深い業、兄弟の中でひとりだけ魔力吸収のために自由に遊ぶことも許されず束縛の毎日を過ごす虚無。

幼い子どもが、そんな生活に耐えられるはずがないと、誰もわからなかったのだろうか。

五歳、六歳、七歳。

次第に表情を失っていったシリルには、十歳でガドウィン領が与えられた。

そのころにはすでに、ほかの子のように外で遊びたいという要求も薄れ、シリルは部屋に引きこもりがちになっていた。

ガドウィン領とともに、シリルのものとなったのは王都の西にある古い離宮である。

かつて大叔父が暮らしたといわれる離宮は、商業地や住宅地から離れた景色の良い場所に建ち、シリルの心を慰めてくれるだろうと大人たちは考えたらしい。

領地の管理は代行者を置き、二十歳を過ぎたらすべてを預かる約束になっている。

実際、シリルは領地にさほど興味があったわけではない。それでも、離宮は嬉しかった。

自分だけの場所。自分だけの世界。

ほかの兄弟と違って、能力ばかりを重視される日々の中、シリルの孤独は募るばかり。それならば、いっそひとりでいるほうが気楽だと思った。

父王と家族の暮らす王宮から、馬車で片道四十分の離宮が逃げ場所になり、シリルは一日の大半をそこで過ごすようになった。

唯一、末の弟ブラッドだけが、シリルに懐いていた。

四歳下のブラッドは、銀の髪に紫の瞳をした輝く子どもだ。兄弟の中でも、幼いころから将来を期待されるカリスマ性のある弟。

夜になるとひとりで寝るのが怖いと言って、ブラッドはシリルのベッドに潜り込んできたこともある。かわいい弟だ。けれど、自分とは違う。ブラッドには、シリルが得られなかった幸福がたっぷりと与えられている。

——私は、特別な子どもだから仕方がない。

大人たちの言葉をそのまま自分に言い聞かせ、いつしかシリルは孤独にすら慣れていった。

そんなときだった。

彼女の魔力と、出会ったのは。

公爵家に生まれたオーレリアという少女が、生まれながらに膨大な魔力量だということで、特定の魔具を通じて、遠隔地にいる相手からも魔力を吸収できるシリルが彼女を担当することになった。

手のひらにおさまるほどの、小さな鏡をふたつ準備し、双方にシリルの魔法を込める。その片方をオーレリアに、残ったほうをシリルが持ち、魔力吸収は行われた。

——なんて、きらきらした魔力なんだろう。

初めてオーレリアの魔力に触れたとき、シリルはこれまでにないほど心が躍った。

多くの人間の魔力を吸収してきたから、知っている。魔力には、持ち主の性格、感情が特徴としてにじみ出る。魔力吸収のできる者にしかわからないことだ。

オーレリアの魔力からは、幸せに暮らす少女の目映（まばゆ）いほど鮮やかな情感が感じられたのだ。

自分とは違う。大人たちとも違う。ほかの誰からも感じたことのない、ただ純粋な幸福感。

それからというもの、シリルは月に一度、オーレリアの魔力を吸収することが何よりの楽しみになった。

魔力だけでは物足りなくなり、彼女を遠くから見るために外出をするまであまり時間はかからなかったと思う。

オーレリアは、魔力の印象そのままに、キラキラ輝く笑顔が印象的な美しい少女だった。

それ以降、シリルにとってオーレリアは自分の知らない世界を生きる、生命力の象徴となった。

彼女が幸せそうな姿を見ることで孤独を慰める。

いつしか、オーレリアがシリルの唯一の救いになっていった。相手は自分のことを知らない。知られなくてもいい。ただ、彼女を見守っていたかった。

成長するにしたがってシリルは複数の魔法を習得し、魔力吸収だけではなく魔法全般に才能を発揮した。魔法学院に入学したときには、すでに上級生の誰よりも複雑な魔法を使いこなしていたほどだ。

十五歳で魔法学院を卒業したシリルは、自分の能力を活かすという名目で魔法騎士団に入団した。同時に、王位継承権を放棄したのは有名な話である。

そうすることが、シリルには必要だった。

あまりに魔法に優れすぎている自分を、長兄と次兄が疎ましく思っているのを知っていた。

兄たちと争ってまで手に入れたい王位などない。それならば、最初から王家と袂を分かち、自分の人生を生きるほうが気楽だと考えてのことだったが、幼いブラッドは泣いてシリルを引き止めた。

「兄上は、俺を置いてどこかに行くの？　行かないで、ずっといっしょにいてよ」

「いつでも離宮へ遊びにいらっしゃい。私は、魔法騎士団の団員としてこの国を守ります。ブラッド、あなたのことも」

——私の愛しのオーレリアを守るついでに、国くらい守ってみせよう。

そして、わずか十五歳で魔法騎士となったシリルは、めきめきと頭角を現す。

視界に入る対象すべてから、魔力を吸収できるというチート能力は、魔獣相手にも通用する。

当然、魔獣と名付けられるからには獣たちは魔力を備えているのだ。そして魔力は生命力である。

遠隔での魔力吸収によって、団員たちの怪我は一気に減った。シリルさえいればたいていの魔獣はその場に倒れる。倒れたものを処分するためだけに、武器を手にすればいい。

ベンジャミンの鐘のおかげで、デュカウル王国は被害を最小限におさえているとはいえ、百年に一度ということは九十年を過ぎたあたりから魔獣の出没頻度も増えていく。

この時期にシリルが生まれたことは、神の思し召しだと誰もが言った。

くそくらえ、と当のシリルは思った。

歪んだ心を隠すため、言葉遣いだけはどんどん丁寧になっていく。他者との距離は広がり、崇拝はされども親友はいない。そんな人生をひとりで歩く。

けれど、遠目に見るオーレリア・ローウェルだけはいつだって彼を癒やしてくれた。彼女の魔力もまたしかり。

二十歳を過ぎた、ある日。

魔法騎士団の仲間たちと市井の店で飲んでいたときに、団長から声をかけられた。

「なあ、シリル。おまえももう二十歳だろう。そろそろ結婚は考えないのか？」

多くの魔法騎士たちは、十八を過ぎてから入団してくる。その中で、異例の経歴を持つシリルのことを、団長は昔からかわいがってくれた。

「結婚ですか？」

「何、きょとんとしてんだ。おまえは腕も立つし、魔法もピカイチ、何よりこの国の王子さまなんだぞ。いい加減、結婚して家庭くらい持ってもいい年頃だろう」

「私には守りたい女性がいるのです」

彼女を守るために、魔法騎士団に入団したと言えば、この団長はどんな顔をするだろう。

「結婚して、守ってやればいい。シリルなら、愛する女ひとり守るなど簡単なことじゃないか」

「ええ、いずれはそうなればいいと思います。ですが、まだ彼女とは出会っていませんので」

「ん？　どういう意味だ？　出会ってもない架空の女なのか？」

――ああ、やはり予想どおりの不思議な顔をされた。

髭面（ひげづら）で愛妻家の団長が困惑する顔が、シリルはとても好きだ。

この人は大人なのに、子どものような目をしている。

「誰よりもよく知る女性です。ですが、たしかにまだ彼女は私のことを何も知らないでしょうね」

「相変わらず謎の男だな。王子さまが魔法騎士団に入団したいって言い出したときには驚いたものだが」

「そのうち、結婚するときには彼女をご紹介しますよ、団長」

「ああ、楽しみにしてるぞ」

最初から決めていた。

彼女を遠目に見た瞬間から、ずっと心に誓っていた。

オーレリア・ローウェルと結婚する。彼女を生涯、守り抜く、と。

その運命を信じているからこそ、手を回して出会うような真似(まね)はしない。

だが、どうだろう、とふと思う。

国内屈指の魔法使いが、心底願っていることが叶(かな)うとしたら、それはある種の魔法――なんなら、呪いだとしてもおかしくない。

強く願うことは、魔法に通じる。

解明されていない魔力の機微を、心の強さで説明したがる者も多い。

神も魔力も魔獣も王国も、何もいらなかった。

なんの説明も求めない。シリルが欲したものは、少女ひとり。

そして今。

目を覚まして、これは夢ではないのだと再確認する。

「やっと出会えましたね、オーレリア」

眠る彼女の頬にキスをして、シリルは幸福に目を細めた。

「うう……ん……」

「もう逃がしませんよ。私はあなたの成長を誰よりも待ち望んだ男なのですから」

彼女はきっと、先週の出会い以降にシリルが贈り物を選んだと思っているだろう。

十二年かけて集めただなんて、知るはずがない。

──離宮にいらしてください、オーレリア。あなたの部屋のクローゼットには、あなたのためのドレスがたっぷりと並んでいます。毎年新調しているので、流行に遅れることなんてありません。その日が今から楽しみですね……

愛しの少女は、眉根を寄せて「ううん」と小さくうなった。

朝は遠くからやってくる。

第二章　催淫魔法の蕩（とろ）ける夜に

「お迎えにあがりました、我が婚約者どの」

「あの、シリル殿下、学院前でお待ちいただくのは気恥ずかしいと申しますか、その……」

「気にされることはありませんよ。私たちは陛下に認められた婚約者なのですから」

わかってはいるのだが、思わず顔が赤らんでしまう。

恒例行事になりつつある放課後の校門前のやりとりに、鞄を手にした同じ制服の生徒たちが、目を輝かせてこちらを見ている。

婚約してから、毎日毎日シリルが放課後に学院まで迎えに来るのだ。

「見て、また殿下がいらしてますわ」

「オーレリアさま、愛されていらっしゃるのね。うらやましいわ」

実のところ、オーレリアの両親であるローウェル公爵夫妻も、シリルとの婚約を大歓迎しているため、家に帰っても彼の話ばかり聞かされている。

——馬車で送ってもらって帰ると、だいたいお茶に誘うのはお母さま。

招いていなくても勝手にオーレリアの居室に贈り物に紛れてやってくる婚約者に、丁寧に毎日異なるケーキやパイを焼いて待っているのだ。

妹も弟も、シリルの不思議な魔法を見せてもらって、目を輝かせて喜んでいた。家族は皆、彼が来るのを楽しみにしている。

ちなみに、先日強引に同衾（どうきん）してきたシリルは翌朝には姿を消していた。

あとでどうやって帰ったのか聞いたら、

「魔法を使って帰りました」

という、だったら最初からそうしてくださいとしか言えない答えが返ってきた。

彼の前にすべての物理的な鍵は無効であり、精神的な柵は破壊される。

「わたくし、ひとりで登下校できます。殿下はどうぞ、お仕事に邁進（まいしん）してくださいませ」

学院内では、今までどおりの公爵令嬢オーレリアの口調を崩さない。この口調が悪役令嬢みを増しているのはわかっているのだが、急にキャラ変するのも怪しまれる。

「我が愛しのオーレリアにおかしな虫がついては困ります。その可能性は少しでも排除しなければなりませんからね」

さも当然とばかりに、シリルは胸を張った。

「残念なことに、わたくし、まったくモテませんの。ですので、ご心配なく！」

「おや、その言い草では私以外の男にもてはやされたいと聞こえますが……。もしもそういうお気持ちがおありとなれば、婚約者としてお仕置きのひとつやふたつ、みっつよっつ、いえ、なんなら我が離宮に監禁し、一カ月ほど愛を注いで思考矯正が必要でしょうか」

「なっ、何をおっしゃるんですか！」

シリルの場合、実際にやれてしまいそうなところが本気でやばい。

なにしろ、彼は第三王子。彼のすることに文句を言える人間など、この国には片手の指で足りる程度しかいないのだ。

「私にモテて嬉しいと言ってくだされればそれで――」

「オーレリアさま、オーレリアさまぁー」

突然、名前を呼ばれ、オーレリアは振り返る。

とたんにドーンと何かがぶつかってきた。

「きゃあっ」

甲高い声が響き、体が後方に倒れそうになる。そこを、シリルが両腕で抱きとめた。

「大丈夫ですか、オーレリア」

「え、ええ、わたくしは平気です。ですが……」

足元にミルクティーベージュの髪が見えて、突撃してきたのがアンジェリカだとすぐにわかる。

――アンジェリカ？　どうして？　なるべく関わらないよう、必死で避けてきたのに。

「ご無事ですか？　わたくしのせいでごめんなさいね」

「い、いいえ、わたし……」

地べたにぺたりと膝をつき、アンジェリカが顔を上げた。

白い制服が汚れ、両手のひらに血がにじんでいる。

「お怪我をしていらっしゃるわ。ハンカチをお使いに……あら？」

その場にしゃがみ、アンジェリカと目の高さを同じくし、オーレリアは鞄からハンカチを取り出そうとした。

しかし、いつも持ち歩いているはずのハンカチが見当たらない。どこかで落としたのだろうか。

「オーレリアさまがハンカチを、落とされたので追いかけてきたんです」

アンジェリカの手に、オーレリアのハンカチがあった。

――わたしのハンカチを届けに来てくれたんだ。

こちらは彼女を避けていたのに、と思うと申し訳ない。

「ありがとう、アンジェリカ」

「いえ、そんな」

治癒魔法のひとつも使えればよかったのだが、じんわり涙目になった彼女を前に、できることはハンカチで汚れを落としてあげるくらいしかなかった。

「あの、アンジェリカ、よろしければ――」

うちに来て、制服を洗っていかない？　と言うよりも早く、

「アンジェリカあぁああ！」

彼女のヒーローが、雄叫びをあげて駆けてくる。

しまったと思っても、もう遅い。

「どうしたんだ、アンジェリカ。まさか、またオーレリアに嫌がらせをされたのか⁉」

ブラッドは、今にもオーレリアを殴りつけそうな顔をしていた。

こちらとしては、一度として彼女に嫌がらせをした覚えはないのだが、弁解を聞いてもらえる状況ではなさそうだ。

「ブラッド殿下、わたし、オーレリアさまのハンカチを届けようとしたんです」

「それで、何をされたんだ！」

——この国の王子は、どいつもこいつも思い込みが激しすぎるんじゃないの⁉

開発した側の人間としては、キャラクター造形に問題を感じる。

「ブラッド、私の婚約者に対してずいぶん無礼な物言いをしてくれるではありませんか」

「兄上！」

「オーレリアにはひとつの瑕疵もありはしません。そちらの女子生徒が、オーレリアに激突して勝手にころんだのですよ。我が婚約者も転倒しそうになったのです。それなのに、なぜオーレリアを疑うのです？」

アンジェリカの肩に手を置いたブラッドに対峙するのは、オーレリアの両肩を背後から抱きしめるシリルだ。

──初めて、だ。

悪役令嬢であることを自覚して以降、アンジェリカとかかわるとオーレリアはかならず悪者になってしまった。それをかばい立てしてくれる人はいなかった。

けれど、シリルはオーレリアを疑うブラッドを見逃さない。

オーレリアの心が、じわりと甘くにじむのも当然のことだろう。

「兄上こそ、なぜオーレリア・ローウェルと婚約などなされたのです。俺は、いつか兄上の片腕となることを夢見て日々鍛錬を続けているのに……」

どうやら、この兄弟は弟のほうが愛が重いようだ。

「なぜ婚約したかだなんて、ブラッドはずいぶんと無粋なことを尋ねるのですね。私が、彼女に恋い焦がれているからに決まっているではありませんか」

弟の無償の愛を、すげない答えが一刀両断する。

周囲で見ている女子生徒たちが、きゃあ、と黄色い声をあげた。

「兄上、そこまでオーレリア・ローウェルにほだされてしまったのですか……」

「黙りなさい、ブラッド」

穏やかな笑みはそのままに、けれど口調だけは厳しく、シリルが弟の悲しみに満ちた声を一蹴する。

「我が婚約者を侮辱するなら、弟であろうと容赦はしませんよ。呼び止められ、ぶつかられ、怪我をした彼女を気遣うオーレリアの何が気に入らないというのです」

――まあ、ブラッドにとってわたしは悪役令嬢なんだから、仕方ないと思う。

ブラッドとアンジェリカの恋愛には、オーレリアというスパイスが必要だとレシピに書かれているのだ。

シナリオというレシピに従順に恋をする彼、彼女に悪意はないだろう。

「シリル殿下、わたくしは平気です。こんな場所でご兄弟が醜態を晒してはなりませんわ。ね、アンジェリカ、あなたもお立ちになって」

「は、はい……」

オーレリアが手を差し出すと、アンジェリカがおずおずとその手をつかむ。

「膝も血が出ていますわね。わたくし、治癒魔法は使えませんの。お役に立てず申し訳ありませんわ」

「オーレリアさまは、何も悪くありません！」

――ん？

急にアンジェリカが大きな声を出したので、事の顛末を見守っていた観客――もとい、学院生たちと一緒に、オーレリアもビクッと体をこわばらせた。

「わたしが勝手に追いかけてきたんです。オーレリアさまと、仲良くなりたかったから、いいきっかけになればと思って。なのに……」

　大きな目から、ポロポロと涙がこぼれる。

「アンジェリカ……」

「なのに、ブラッド殿下のばかばか！　オーレリアさまに、また嫌われてしまいますぅ」

「すまない、アンジェリカ。俺が早とちりしたせいで」

「そうですよ。わたし、オーレリアさまとお話したかったのに」

　──よくわからないけど、これは恋愛イベントだと思えばいい？

　痴話喧嘩に巻き込まれるのは遠慮したい。

「わかりましたか、ブラッド。オーレリアは彼女を気遣っていたのです。私の婚約者に、間違いはありません」

「兄上が選んだ……」

　これまでずっとオーレリアを敵視してきたブラッドが、突然敬意を含んだまなざしを向けてきた。なんと単純な、と思わなくもない。

　──だけど、シリルのおかげでわたしは悪役令嬢を返上できるかもしれない。

「今まですまなかった、オーレリア・ローウェル」

「いえ、わたくしは、そんな……」

　単純な第五王子に感謝して、オーレリアはシリルに目を向ける。

彼のおかげだ。彼がいてくれたから、事態が変化した。

「我が兄上が選んだ女性だ。これからは、俺もあなたを未来の義姉上として敬おう」

ブラッドの言葉に、あらためて破滅ルートから逃れるためにはシリルが必要なのだと強く感じた。

たったひとり、オーレリアを守ってくれる人。

――シリルがいてくれたら、わたしの未来は変わる。

「それでは行きましょうか、オーレリア」

美しい第三王子は、オーレリアの腰に手を回した。

「さあ、馬車に乗ってください。私は早くあなたとふたりきりになりたいのです。毎日、あなたが授業を終えて帰ってくるのを待ち遠しく思っているのはおわかりですか？」

「で、殿下、あの、人前ですのよ……？」

「ええ、存じています。早くふたりきりになりたい私の気持ちもおわかりください」

「わかりました！　馬車に乗りますわ！」

「ふたりきりの時間を与えてくださるのですね。慈悲深き、我が姫」

魔法騎士の面目躍如とまではいかないが、完璧なエスコートで彼はオーレリアを馬車に乗せる。

「それでは皆さま、ごきげんよう」

優雅なあいさつを残し、ふたりを乗せた馬車は校門前から走り出した。

角を曲がって、生徒たちの目から逃げ果せたと息を吐き、両手で頭を抱える。

――人前であんな、あんな……！　恥ずかしいのに！

思いがけずブラッドがブラコン王子だと判明した。それも手伝って、ブラッドからは敵ではないと認定してもらえた気がする。

とはいえ、あのふたりと関わらないように精いっぱい尽力する。ベンジャミンの鐘が鳴るまでは必死で生きるしかない。

――やっぱり、シリルと偽装婚約できてよかった。だけど、彼の本心は……？

国中にふたりの婚約が知れ渡っている。このままほんとうに結婚となったら、彼はそれでいいのだろうか。

「――レリア、オーレリア」

「は、はいっ」

「今ならふたりきりです。どうぞ、思う存分に」

「な、なんでしょう？」

「愛を語ってくださっても構いませんよ？」

突然、何を言い出すのか。反論したいのに、頬がかあっと熱くなる。

「……い、言うわけない、でしょ！」

「なぜです？」

――なぜと言われても！

オーレリアは、彼に最初からはっきりと「偽装婚約をしたい」と言った。

シリルもそれを受け入れたはずだ。

その上で、ふたりきりになったからといって愛を語り合う理由とは？

――もしかして、わたしの態度が婚約者らしくないの？

周囲から偽装だと見破られては大変だ。シリルは、そう考えてくれたのかもしれない。いや、単に今はそういう気分だったというだけかもしれないけれど。

なんにせよ、幸せいっぱいの婚約者のふりをじょうずにこなす必要性は感じる。

「……あの、先ほどはありがとうございました」

「先ほど、というのは？」

「ブラッド殿下の前で、わたしをかばってくれたでしょ？」

「それは当然のことです。私の婚約者を悪し様に言われて放っておく理由はありません」

――ああ、シリルはまっすぐな人なんだな。

多少行き過ぎなことも多いが、彼は裏表がない。だから、行き過ぎてしまうとも言える。

「ただし、あまり弟と仲良くされては嫉妬します」

「えっ」

「ブラッドが必要以上にあなたに近づくことも許しません」

「特に近づく予定はないけど……？」

「そうですね。あなたに近づいていいのは、この私だけですから」

「……あの、もしかして、ですけど」

一途すぎるシリルの態度に、オーレリアはかすかな疑問を覚えた。

「なんでしょう？」

「シリルって、魔力以外でも以前からわたしを知っていたの？」

なぜそう思ったのかと聞かれても答えにくいが、そもそも魔力を知っていただけでこんなに執着するとは思えない。

——すべて、演技っていう可能性も……うーん、なくはない、けど？

すると、オーレリアの質問を受けてシリルが輝くばかりの笑顔を見せた。

「おわかりだったのですか？」

——いえ、おわかりではないです。

「ああ、あなたは慧眼です。私はあなたの魔力と出会ってから、魔力の持ち主であるオーレリアを、どうしてもひと目見たくなってしまったのです」

「え、え？」

「そして、ひと目見てしまえば二度、三度とあなたを眺めたくなる。以来、ずっとあなたの成長を見守ってまいりました」

「見守って、って、ほんとうに……⁉」

信じられない。多忙な魔法騎士のシリルがそんなことをしていただなんて初耳だ。

「はい。ですので、こうしてあなたと婚約できて、」

「ぎ、偽装婚約です！」

「そうでしたね。偽装婚約できて、とても嬉しいのですよ」

否定したオーレリアに、彼が少しばかり寂しげに微笑む。

「たとえ偽装であっても、結婚してしまえば同じことですからね」

「だけど、結婚は愛し合うふたりがするものでしょう？」

彼が自分に執着しているといっても、それが恋愛の意味なのかオーレリアにはわからなかった。

少なくとも、嫌われていない。自分がシリルにとって、なんらかの意味のある存在だということはとても伝わってくるのだが。

「おっしゃるとおりです、オーレリア」

彼は真剣なまなざしでこちらを見つめる。

急に、胃の奥が熱くなる感じがした。

「ですので、もっとあなたと愛し合いたいと強く願っています」

「愛し合うって……な、何を急に！」

「恥じらわなくていいのです。申しましたとおり、今はふたりきりなのですからね」

——え、何か……い、しき……が……

まぶたがゆっくりと視界を遮る。

稀代の魔法騎士である彼が何かをしたのは間違いない。

「シ、リル……」

「ここにいますよ、オーレリア」

——そうじゃなくて、何を……し、たの……?

白い手がことん、と馬車の座席に落ちた。

「かわいいあなたを、独占したくなってしまうのは仕方のないことです。どうぞわかってくださいね」

ほの暗く甘く、全身に纏わりつくねっとりとした声は、オーレリアの耳には届かない——

§　§　§

次に目を開けたとき、オーレリアはソファの上にいた。

「……っ……!?」

いや、正しくはソファに座るシリルの上にいたのである。

「今週もお疲れさまでした。今日はあなたのために、ささやかではありますが宴(うたげ)の準備をいたしました。どうぞ楽しい夜をお過ごしください」

まったくなんの説明にもなっていないが、彼はにこやかに、けれどものすごい棒読みでそう告げた。心はこもっていない。

つまり、ここはシリルの住む離宮ということなのだろう。

「え、宴って？　なんのために？」

「なんのためと言われましても、オーレリアが今週一週間を健やかに過ごしたお祝いとしか申しようがありません」

――そんなのいちいち祝っていたら、そのうち毎日がパーティーになっちゃう！

「お父上の許可はいただいていますので、まずは私の離宮を探索するところから始めましょう。あなたにお見せしたいものがたくさんあるのですよ」

「え、え、えええっ？」

「このまま抱いてまいりましょうか。それとも、」

「自分で歩けるから！」

「探索よりも、私のベッドに行くほうがお好みだというのでしたら喜んでご案内させていただきますが……」

「探索に行きますっ」

「では、そういたしましょう」

悪びれることなく、天使のごとき微笑でシリルが手を差し伸べてくる。

この手を取る以外の選択肢はない。

敵地離宮にて、オーレリアは最初から勝ち目のない戦に挑むことになった。

――いつもいつもいつも、思ってきたけれど……

「意味がわからない……」

藤色のカーテンが、夜空を遮っている。

瀟洒(しょうしゃ)な調度品の並んだ室内は、見るからに女性の部屋だ。

壁のラックには宝石箱や美しいオブジェが置かれ、ライティングデスクの上には繊細なガラスペンとネイビーブルーのインク、細やかな彫刻を施したブックエンド、極めつけは開け放たれたクローゼットにずらりと並ぶいろとりどりのドレスの数々。

「ではもう一度申しあげます。この部屋は、オーレリアのために準備させていただきました。お気に召すまま、自由にお使いください」

何度聞いても、やはりわからなかった。

出会って十日程度で、人はこんなにも準備を調えられるものだろうか。それとも、王子というのは人ではないのか。魔法使いだからなのか。

「不足のものがあれば、なんなりとお申し付けください。私の全能力をもってあなたにお応えします」

「いや、もうすでに全能力を費やしてもらってると思うので、はい。どちらかというと、何もしないで」

「そんなことをおっしゃらないでください。私はまだまだできる子ですよ?」

——できるのは知ってるの。何もしないでほしいだけなの。

「あの、殿下は以前から、わたしのことを——」

想(おも)っていてくれたのですか。

確信はないが、おそらく間違いない。

そうでなければ、オーレリアの部屋まで準備している理由がなくなってしまう。

——ずっとわたしのことを見守っていたっていうのは、ちょっとストーカーっぽいけど……

彼が想ってくれることを、嬉しいと感じる自分もいるのだ。

落ちた肩を背後から優しく抱きしめてシリルが耳元に唇を寄せてきた。

「シリルとお呼びください」

「……シリル」

「はい、なんでしょうか」

声音だけで、彼が目を細めているのがわかる。

「その代わり、ふたりのときだけだから。外でその呼び方を求めないって約束してね?」

「なぜです？」

「あなたが王子だからです！」

わかりきったことを尋ねられ、無意識に語尾が強くなった。

「では、王子の身分を捨てましょう。私はただのあなたの下僕です。オーレリア、あなたといられるのならば、ほかに何も望みません。できることならば、最期の瞬間はあなたの膝の上で目を閉じたいのです。あっ、恐れ多いことを言うなら、腹上死も魅力的なのですが」

——うん、言うだけ無駄だね。腹上死なんて言い出す人を説得できる自信もないわ！

「シリルはいつから、この離宮に住んでいるの？」

なので、話の矛先を変える。

「ああ、オーレリア！」

「うぐっ」

抱きしめる腕に力が込められ、呼吸が一瞬止まりかけた。シリルが腹上死する以前に、オーレリアが窒息死してもおかしくない。

「愛しいあなたが私に興味を持ってくださっただなんて。ああ、今日は記念日です。今すぐ厨房に言って、祝いの料理を追加させねば——」

「しなくていいからっ！」

「ちなみに、この離宮を与えられたのは十歳のときです。王位継承権を返上したときに亡き大叔父の爵位を襲爵し、ガドウィン公爵となりました」

「待って、シリルは十歳からひとりで暮らしているの？」

年齢でいえば小学生だ。ありえない。

たしかに使用人がいて、食事も掃除も洗濯もしてもらえるだろう。魔法が使えれば、さらに自分でできることも多いとして、それでも十歳の子どもがこんな広い離宮にひとりで暮らしているのは『ありえない』ことなのだ。

「いえ、十歳のころは一日の大半をこの離宮で過ごしていましたが、夜は王宮に帰っていましたよ」

「日中は、ひとりでここにいたの？」

「はい。魔力喰いですので」

美貌も地位も名声も魔力も持ち合わせるこの男が、実は孤独な人生を送ってきたのではないかと不安になる。

たった一年、悪役令嬢の孤独を予感して生きるだけで、オーレリアにはかなりの苦痛だった。

それが、十歳から二十二歳までずっと続いたのだとしたら——

「その結果、私はずっとこの部屋であなたを想い、妄想に耽（ふけ）って十代を過ごしました」

前言撤回。孤独どころかただのドヘンタイ王子だった。

けれど、今はそうでも少年だったころの彼に同じことを言えるだろうか。

——ほかの兄弟たちはどうだったんだろう。ブラッドは、今もたぶん王宮で暮らしてると思うんだけど。

　ゲームの設定では、間違いなくブラッドは王宮に住んでいる。

　ブラッドルートの、彼のお部屋デートは王宮だったから間違いない。

「シリル、わたしたちが初めて会ったのは、まだほんの十日前よね」

「はい。そして、私があなたを知ったのは十歳のときです。今日まで、清らかな体であなたを待ち続けていたのですよ」

「会ったこともなかったのに？　一方的に見ていただけで？」

「何かおかしいですか？」

　全体的にいろいろおかしいけれど、ツッコミが追いつかない。

「じゃあ、もっと早く会いに来たいと思うことはなかったの？」

　十二年間、ずっと執着していたというのなら。

　偶然の出会いではなく、ほかに接触する方法だってあったはずだ。

　オーレリアの名前を知っていて、魔力だけで相手を感知できる彼に、不可能はない。

「もちろん、会いたくて会いたくて眠れない夜を過ごしたものです。けれど、私とてうららかな乙女を穢すことに罪悪感は持ち合わせていましたので」

「穢さなければいいでしょ……」

　ゆっくりと、彼に向き直る。

同じ気持ちは返せない。けれど、彼なりに自分を気遣ってくれていたことにお礼を伝えたいと思う。

抱きしめられた腕の中から見上げたシリルは、慈愛に満ちた瞳をしていた。

彼に対して、親近感が湧いてきている。

十二年、ずっと自分のことを知ってくれていた人。遠くで想ってくれていたのだという事実が、オーレリアの心をほぐしていく。

「ですが、それではあなたと愛し合うことができません」

「ちょ、ちょっと、それはどういう……？」

「今からキスをして、あなたの口の中に準備した淫紋を起動させるのですよ」

「えっ……!?」

驚く暇すら与えず、シリルがオーレリアにキスをする。

――！？！？？？！？？？？

困惑と呼吸困難が一斉にオーレリアの思考を奪う。

くちづけは甘く、触れ合うと同時に舌が口腔に差し込まれる。

「ん、ぅ……っ」

彼の胸に押し当てた手のひらから、どくん、どくん、と鼓動が高鳴っているのが伝わってきた。

――本気で言ってるの？

ねっとりと絡みつくキスに、オーレリアは貪られるばかりだ。

シリルの舌は、いつもと同じく口蓋をたどっていき、とある部分で動きを止める。

「っっ……！」

「ここですね？」

「や、あっ」

かすかにくぼんだ一点を、舌先がちろちろとなぞった。

体の奥に熱がともり、オーレリアは立っているのもつらくなってしまう。

息をするたびに、喉が甘く熱を帯びた。舌の付け根がせつなさに打ち震え、全身がじわりと熱に蕩けていく。

――何？　わたしの体、どうしたの？

「……っっ！」

腰から背骨を駆け上がる、淫らな衝動。

体の中で、何かが起こっている。けれど、それを認めたくない。

「オーレリア？」

「あ、あなた、何を……」

「初めて使ったので自信はなかったのですが、どうやら私は催淫魔法の才能もあるようです」

「さいいん、まほう!?」

ぞくりと腰に甘い疼きが凝った。

内腿を閉じ合わせても、脚の間に蜜があふれてくるのを感じてしまう。

「そんな、一方的なこと……っ」

「ご安心ください。これは、あなたが私をまったく歯牙にもかけない状態であれば発動しない魔法なのです。つまり、愛し合っているからこそお体が疼いてしまうという……」

「っっ……！」

——じゃあ、つまり感じちゃうのはわたしのせい⁉

「さあ、ここではお体もつらいでしょう。どうぞ、お手を」

力の入らないオーレリアに、シリルが手を差し伸べてくる。

「ひ、ぁんッ……⁉」

けれど、その手をとると、全身に甘い予感が駆け巡り、オーレリアは高い声を漏らした。

自分の声だと思えない。淫らな、はしたない声音。

「手に触れるだけでそれほど発情してくださるだなんて光栄です。では失礼して、寝台へお連れいたしますね」

「や、やめ……、やぁあんっ」

軽々と抱き上げられて、彼が準備してくれた寝台に横たえられた。

白くたゆんだ天蓋布を見上げるオーレリアは、制服のスカートの裾が乱れていることを気にかける余裕もなくしていた。

――体の奥が、せつなくて……

「んっ……」

何もされていないのに、全身がぴくんと震える。

頬は紅潮し、耳鳴りと鼓動が大きく響く。シーツの上、はしたなく身悶（みもだ）える自分はシリルの目にどう映っているのだろうか――

「！　な、なな、何、ウソ、待って」

ベッドサイドに立つシリルに目を向けて、オーレリアは息を呑（の）んだ。

「ああ、オーレリア、あなたを抱く日をずっと夢見てきました」

フロックコートと中着を脱ぎ捨て、クラヴァットをはずした彼が、トラウザーズの前をくつろげている。

そこから顔を出すのは、美しいシリルの顔とあまりに乖離（かいり）した猛々（たけだけ）しい劣情だ。

太い幹に血管が浮き、張り出した傘が天を仰ぐ。その根元を握って、彼がベッドに片膝をかけた。

――あんなの、入らない。入るわけない……！

頭ではそう叫んでいるのに、オーレリアの体はシリルの情欲（じょうよく）に甘く反応しはじめる。

は、はぁ、と浅い呼吸の音が聞こえていた。

脚を閉じなくては。

そう思うのに、膝の力が抜けていく。

淫紋のせい、だけなのだろうか。いや、オーレリアがシリルに心惹かれているからこそ、この淫紋が反応するのだと彼は言った。

足首から下着を引き抜かれ、含羞に頬が真っ赤に染まる。

「やめ……、お願い、わたし、まだ……」

左膝をぐいとつかまれ、逃げられない体が彼の前にさらされた。

——ダメ、ダメ……！　見ないで、お願い。

「なんて、美しい……」

スカートはめくれ上がり、すべらかな鼠径部があらわになっている。その下に続く秘めた亀裂は、男を知らないままにぴたりと閉じていた。

誰も知らないオーレリアの体を見下ろして、膝立ちのシリルは左手で自身を扱いている。そのたび、先端から透明な雫がにじむのがわかった。

オーレリアの体もまた、蜜に濡れている。閉じた柔肉の内側は、しっとりとぬかるんでいることだろう。

「もっと奥まで、あなたのすべてを見せてください」

「ひぅ……ッ、ぁ、ああ、やだぁ……」

長い指が、優しく亀裂に触れた。

びく、と体が痙攣する。

右手の親指が、柔肉をくぱりと開いた。

——そんなところ、見ないで……！

見られていっそうの興奮に煽られた体が、とろりと蜜をしたたらせる。それを受け止めるように、シリルが舌先を——

「あ、ああッ」

蜜口に押し当ててきた。

全身がわななき、オーレリアはシーツの上で腰を揺らす。逃げたいのに、逃げなくてはいけないのに、彼の舌の温かさに隘路がきゅうと収斂してしまう。

「やめて、お願い……、ぁ、あ、舐めるの、いやぁ……っ」

ちろりと蠢いた彼の舌に、頭が真っ白になるほどの快感を覚えた。

蜜を舌で掬い取り、シリルはぽちりと膨らんだ花芽をしゃぶる。

「やぁ……っ、ぁ、あ、何、やめ……んくっ……」

「どんどんあふれてきますね。私にあなたの味を覚えさせようとしているのでしょうか。それでしたら、喜んですべて飲み干させていただきます」

「やだ、やだぁ……！」

ひくひくと蜜口が開閉しているのがわかった。

シリルはためらうことなく、そこに唇をあてがう。キスと同じ要領で、軽くすぼめた唇がオーレリアの蜜を吸い上げた。

「っっ……、ひ、ァ……ッ」

ぢゅるる、と体の中から何かが引きずり出される感覚に、つま先がシーツを蹴る。

――吸われてる。そんなところを、シリルに？

キスしながらも、彼は左手で劣情を何度も何度も扱き、先端の小さな切れ目からあふれた涙が幹を濡らしていく。

「これが、オーレリアの味……」

「もぉ、お願い、お願い、だから……」

「恥ずかしがるあなたの顔もたまりませんね。無粋な男に体をあばかれ、こんなに濡らしているだなんて、公爵家のご令嬢には屈辱でしょう」

甘い声音にそぐわない、雄の顔でシリルが笑まう。

彼は舌なめずりをひとつ、蜜が形良い唇を淫靡に濡らしていた。

「ですが、もっと恥ずかしいところまでともにまいりましょう。恥ずかしくて、気持ちよくて、何も考えられないところまでご案内させていただきます。ここを――」

「！　や、あッ……」

舌先が、か弱い花芽を守る包皮を押し上げる。ぷっくりと膨らんだ突起が、初めて空気に触れた。

——何をされているの？　わたし、わたしは……

「感じてくださっているのですね。こんなに腫れて、いやらしく色づいて、私を誘うかわいらしい体です」

「シリル、お願い、もうこんなこと……ん、ぁあッ」

子猫がミルクを飲むように、彼はぺちゃぺちゃと音を立ててオーレリアのもっとも感じやすい部分を舐めしゃぶる。

——助けて。もうダメ。こんなこと、されたら……！

「っあ、んく、ぅ……ッ」

「ここを吸ったらどうなってしまうのでしょう？　ねえ、オーレリア」

「やぁぁ……ッ、やだ、やだぁ、それはダメ、ああッ」

雄槍から手を放し、シリルは左手でオーレリアのブラウスの中を弄ってくる。

すぐに胸の先端にたどりつき、強引にボタンが弾き飛ばされた。

「あなたのすべてがほしいのです。ずっと、ずっと、この魂を待っていました」

——そこは魂じゃないのに……

小さく突き出した乳首に、指先がかすめる。

「い、やぁあ……ッ」

花芽にぢゅう、と吸いつきながら、彼は胸をあやしはじめた。全身が甘い快楽に粟立つ。自分でも知らないうちに、オーレリアは腰を揺らしていた。

「一緒に、いや、いやっ……、胸、やめてぇ……」

シリルは無言で舌を躍らせる。唇で食(は)まれ、舌で舐め上げられ、腰の奥に快感の焦点が定まっていく。

彼の左手で撫(な)でられる胸の先は、透明でとろりと粘り気のある液体に濡れていた。

──これって、まさか、シリルの。

先ほどまで彼は自身を扱いていたのだから、その指を濡らすものが先走りであることは間違いない。

彼の体液を塗り込められ、乳首が屹立(きつりつ)している。感じすぎて痛いくらいだった。

「も……お、ねがい、だから……」

「イキそうなのですか?」

わからない。この行為のすべてが初めてなのに、わかるはずがない。

涙目で力なく首を振るオーレリアに、彼が微笑みかけてくる。

「オーレリア、気持ちいいのですね?」

言い回しを変えて、シリルが強く舌先で花芽を弾(はじ)いた。

「ひぅッ……、ぁ、いい、いいの、気持ちいいからぁ……ッ」

「では、このままイク姿を私に見せてください。私の愛撫(あいぶ)で達する顔を、どうか──」

舌の動きが速度を増す。激しく責め立てられ、オーレリアは目を瞠った。

「いや、いやぁッ……！　ぁ、あ、あっ、ダメ、もぉ……っ」

乳首の根元を指でつままれると、腰が浮く。

「いっ……、イク……、イッちゃう、イク、イクからぁ……！」

きゅうう、と蜜口から最奥にかけて隘路が蠕動し、オーレリアは初めての絶頂に喉を反らした。

――もう、無理。こんなの絶対ムリ。

右腕をひたいの上に庇のようにかざし、脚の間でむくりと体を起こしたシリルを涙目で見る。

彼の下腹部に、先ほど見たときよりもさらにギチギチとそびえ立つものがあった。張り詰めた亀頭がぶるんと鎌首をもたげている。

「っっ……、む、り」

「私の我慢もそろそろ限界です。無理というのなら、お互いに無理なのでおそろいですね」

「ほんとにムリなの。待って、聞いて、シリル」

上半身をベッドの上で起こし、オーレリアは逃げるようにずり上がった。

「わ、わたし……」

ごくりと息を呑み込む。言わなくてはいけない。そう、これを知れば彼も――

「わたし、処女なの」

「私も童貞です。奇遇ですね」

恥じらいのすべてを必死に投げ捨て、打ち明けた真実。

それなのに、シリルはもうひとつおそろいを見つけたとばかりに、じりと身を寄せてくるではないか。

「ち、ちがう、そうじゃなくて……」

「処女ではないのですか？」

「それは違わないけど」

「では、何も違いませんね」

「う……っ」

内腿に昂ぶる劣情が触れた。それはひどく熱を持ち、想像以上に硬い。

「お願い、お願いします。なんでもするから、挿れないで……！」

「なんでも、してくださる」

にじりよるシリルが、ぴたりと動きを止めた。

オーレリアは彼の目を見つめたままで、二度三度と首肯する。なんだってする。あの危険なサイズのものに貫かれるのを容赦してもらえるのならば。

「──では、好き、と言ってくださいませんか？」

「え……？」

ほのかに頬を染め、シリルが目を伏せる。

「嘘で構いません。今だけでいいのです。好きだと言ってくださったら、私はそれだけで――」

びく、びくっ、と彼の劣情が先端を震わせた。

――わたしに、好きって言われることを想像しただけで、そんなになっちゃうの？

シリルの反応が、これまでの余裕綽々な態度と違いすぎて動けなくなる。

「す……」

すぼめた唇が、呼気の多く混ざる声で音を紡ぎ出した。

「す、すき……」

「っっ……、ぁ、ああ、オーレリア……！」

刹那、脈を浮かび上がらせる雄槍は、先端から白濁を重吹かせる。

びゅる、びゅく、と遂情し、せつなげな吐息を漏らすシリルは、倒錯的なまでに美しくて。

――目が離せない。

「は……っ……」

オーレリアの太腿と下腹部に、彼の吐き出したものが飛び散った。

どうしようもないほど、感情が逸る。これはなんだろう。わからない。ただ、目が離せない。

心がそらせない――

§　§　§

——あんな童貞っている？　わたしも処女だから、そもそもどんな童貞がいるか知らないけど！　知らないんだけど！

翌朝目覚めたオーレリアは、陽射しの差し込む部屋でひとり、両手で頭を抱えるしかできなかった。

乱れた着衣に、いつの間にか清められた体。

誰が拭いてくれたのかは、考えずともわかる。彼が、ほかの誰かにオーレリアの体を見せるとは思えない。

——シリルが、わたしの体を……

優しい指先が濡らした布を絞る姿を想像するだけで、体の内側が甘く蕩けるのがわかる。考えてはいけない。

何はさておき、今足りていないもの。それは下着だ。

ひとりきりの部屋だというのに、スカートの裾を気にしながらベッドから立ち上がると、昨晩から開いたままだったクローゼットに近づく。

新品の下着があってほしい気持ちと、彼がそんなものを買っていないでほしい気持ちが、同量に存在している。

そして、たいへん悲しいことなのだが、頭のどこかで「あの男なら買っている」という確信があった。

「……あった」

引き出しには、色ごとに整理された下着がぎっしりと詰まっている。

オーレリアの予想は当たったが、ある意味で期待を裏切っていた。

――なんでこんな、布面積の少ない下着ばかりなの⁉

「ありえない！」

勝手に部屋を漁った上、いやらしい下着しかないことにキレる。自分の理不尽具合はわかっているが、今だけは許してほしい。

マシそうなものを選び、唇をへの字にしながら身に着ける。

ほんとうに、彼のことが理解できそうにない。それなのに、今だって彼に心奪われている。

自分の趣味が信じられないレベルだ。

――そういえば、催淫魔法って言ってた。

自分の口の中を、舌先で探ってみる。かすかにくぼんだあたりに、舌が引っかかりを覚えた。

ここだ。ここに、彼は淫紋を刻んだと――

「おはようございます、オーレリア。起きていらっしゃいますか？」

突然、廊下から声が聞こえてきて、オーレリアはその場に跳び上がりそうになった。

「お、おはようございます！　起きてる！」

静かに扉が開く。この離宮は、手入れはされているけれど古い建物だ。扉も当然古いため、丁寧に開けないとギイと軋むはずなのに。

――シリルのそういうところは、細やかで魅力的なのかもしれない。

無意識に、彼の長所に心が向く。

長身のシリルの影が、閉じた扉に落ちていた。

「昨晩はよく眠れましたか？」

「そ、そうね。うん」

「それはよかったです。あなたの睡眠を阻害してしまったらと思うと、気が気でなかったので」

「シリルは？　ちゃんと寝られたの？」

「はい。一晩中、あなたの寝顔を見つめていました」

それは、寝ていないということなのではないだろうか。

朝陽を浴びて、少し気怠げに、けれどたまらなく幸せそうにシリルが微笑んでいた。

その美しさを直視して、どうにも心がざわついてしまう。

――こんなドヘンタイ王子にドキドキする自分が悔しい！　だって好みなんだもの！

「こうして、ふたりで朝を迎えられる幸福を教えてくださり、ありがとうございます」

はにかんだ彼が、昨晩の行為を思い出しているのが伝わってきた。

熱く昂ぶっていたシリルの、吐き出した白い情熱の感触をまだ肌が覚えている。

「よろしければ朝食をいかがでしょうか。昨晩は食事もできぬままに眠ってしまいましたので、あなたの胃腸が心配です」

「……ありがとう。いただきます」

言われてみれば、宴の用意をしたと聞いていたのに食事をしていなかった。食事どころではなく、あられもないことになってしまったのである。

そのまま朝まで眠りこけていただなんて、羞恥心は何をしていたのだろう。危機感はどこへ家出しているのやら。

朝食堂に案内してもらい、ふと気づいた。

誰かの屋敷で朝食をご馳走（ちそう）になるのも初めてだ。

——前世なら、修学旅行とか友だちの家にお泊りとか、そういうこともあったけど。

カネナル世界では、貴族の令嬢が前世の自分のように自由に振る舞うことは許されていない。

社交界デビュー以降はなおさらだ。

素行よく、行儀よく、淑女らしくあることを求められ、オーレリアはいつだって人の目を意識しながら生きてきた。

「どうぞ、お召し上がりください」

「いただきます」

どこかぎこちない関係のふたりで摂（と）る朝食は、何を食べてもおいしいのに、胃がふわふわして落ち着かない。

「ところで、もしご都合が悪くなければ来週の極光祭に同行いただけませんか？」

極光祭は、冬のデュカウル王国における恋人たちのイベントのひとつだ。

オーロラが空を彩る夜、その夜のためだけに魔法で架けられた一夜橋を手をつないで渡る。ゲーム内では、アンジェリカが恋のお相手と出かけるイベントだった。

——そこに、シリルとわたしが？

婚約者なのだから、おかしなことではない。むしろ、婚約しているのに出向かないのでは仲が悪いと噂される可能性すらある。

「防寒対策なら万全です。新しいコートを注文しますのでご安心を」

「シリルに買ってもらわなくても平気です」

「ふたりでいればどこでも暖かいとおっしゃってくださるのですか？」

「毎年、母と選んで作っていますので！」

「それは残念です。ぜひ、結婚後は私にもあなたのドレスを一緒に見繕わせてくださいね」

「……結婚、したらね」

だんだん意識が侵されてきているのを、オーレリアも知っていた。

先に遠慮したい選択肢を提案されると、次に出された案がマシに見えてしまうのだ。シリルは、いつも奇抜な提案をする。もしかしたら、そういう心理的な効果を狙っているのかもしれない。

だとしたら、ほんとうに厄介な偽装婚約者である。

「わかった。一緒に行きましょう」

――偽装、婚約。

心の中で、その言葉を区切って唱えた。

十二月にベンジャミンの鐘が鳴るまでは、決して油断してはいけない。

今まで考えもしなかったけれど、もしもゲームのエンディングが訪れるより前にシリルが婚約を破棄したいと言い出したらどうするか。

――なんとか、年末までは婚約者でいてもらわなきゃ。わたしの命にかかわる。

「たとえ瀕死の重傷を負っても、必ずまいります」

「うん、そういう場合はちゃんと治癒魔法をかけてもらってから来てね……」

「それと、」

彼は小さく咳払いをし、唇に笑みをにじませた。

「ご存知かもしれませんが、極光祭の夜に結ばれたふたりは永遠の愛を手に入れると言います。それゆえ、極光祭の九カ月後に生まれる子はオーロラチルドレンと呼ばれます」

「どうして九カ月後なの?」

そんな設定は、ゲームには存在しなかった。

――わたしの知らない設定が、カネナルの中にあるんだ。

パンをちぎって口に入れるオーレリアに、シリルは大きく頷いて見せる。

「つまり、聖なる光の夜に情交を――」

「聞かなかったことにする。ごちそうさま」

「我が愛しのオーレリアは、朝から察しがよいですね。さすがです。では、私たちもその夜に体を重ねるという予定でよろしいでしょうか？」

「そんなこと、かっ、確認しないでくださいっ！」

朝陽眩しい朝食堂に、オーレリアの悲鳴に似た声が響く。

§　§　§

「北の森に魔獣が出たそうよ」

「ええっ、もうすぐベンジャミンの鐘が鳴る時期だというのに？」

「ベンジャミンの鐘が鳴る前が、いちばん危ないのでしょう？　魔法騎士団が見回りを厳重にしていると聞きましたわ」

学院でその噂を聞いたとき、オーレリアは複雑な気持ちになった。

ベンジャミンの鐘が鳴る日の少し前に、魔獣討伐が行われる。ゲームではクライマックスのシーンだ。

ちなみに、そのイベントで悪役令嬢オーレリアが命を落とすルートもある。

基本的にオーレリアは膨大な魔力を持つ悪役のため、魔に魅入られるシナリオが多い。断罪どころか、森で魔獣とともに殺される。なかなかに悲しい死亡エンドだ。

――でも、今のわたしはアンジェリカの邪魔をしていない。魔獣を利用してもいない。

魔法騎士団がどんなに見回りをしても、この先、魔獣は北の街に姿を現すことになる。

――シリルも討伐に行くのかな。行くんだろうな。

ちょっとおかしな妄想エロ王子に見えても、彼はデュカウル随一の魔法騎士だ。英雄だ。手を触れることなく魔獣の魔力も吸収できる。

戦闘において、あれほどのチート能力もなかなかないだろう。

対人戦ならば、相手も魔力返しの防御魔法を使うことが可能だが、魔獣にはそこまでの知恵や文化がない。野性の獣なのだから、当たり前のことだ。

「オーレリアさま、北の森の魔獣について何かシリル殿下からお聞きではないですか？」

「わたくしたち、親戚が北の街の近くに住んでいるんです」

女子生徒ふたりから声をかけられ、オーレリアは少し困った顔をしてみせる。

「ごめんなさい。何も聞いていませんの。機会があったら確認してみますわね」

オーレリアはゲームシナリオも、ゲーム内で起こる事件やイベントも、その結果もすべて知っているからこそ、この世界に干渉してはいけない。この一年、ずっとそう思っていた。

避けることはできても、手を加えることは許されない。

同じように見えて、まったく別のことなのだ。

——だけど、ほんとうにそうなのかな。

オーレリアという自分はゲームのキャラクターだ。しかし、本来のオーレリアがたどる未来ではないところをすでに目指しているではないか。

だとしたら、北の街にこれから降りかかる災難をどうにかすることもできる——可能性はゼロではない。

——いやいやいや、でもオーレリアが魔獣と遭遇したら魔の影響を受けちゃうわけで！

そうなった場合、オーレリアは死亡エンド一直線だ。

シリルの婚約者だからといって許されるわけがない。

なにしろ、魔を体に招き入れたオーレリア・ローウェルはベンジャミンの鐘に蓄えられた百年分の魔力を使ってこの国を滅ぼそうとする。

恋する男を、アンジェリカから取り戻すためだけに。

——そうやって考えるとオーレリアって情熱の女なんだよね。悪役というのはアンジェリカから見たときの話で、彼女は彼女の人生を生きている。

他人事のように考えたが、現時点でオーレリア＝自分なのだ。

考えれば考えるほどわかるようでわからない。

移動教室のため、渡り廊下を歩きながらひとりごちる。

「はー、ぜんぜんわかんないわ」

「何がですか？」

「ひっ……⁉」

ひとりごとに返事があるなんて、当然思わない。

「なっ、なな、な」

「ああ、私に会えたことをそんなにも喜んでくださるとは。あなたのシリルです、オーレリア」

誰のシリルだろうと、いきなり声をかけられては寿命が縮む。

「なんでいるの？」

「愛しいあなたの顔を見に、と言いたいところですが、学院長から特別講義を頼まれまして、今日はその打ち合わせにまいりました」

国一番の魔法騎士ならば、学院での特別講義を頼まれるのもおかしな話ではない。

——もしかしたら、シリルに頼めば……。

「あの、シリル」

「なんでしょう？」

「北の森に魔獣が出ると聞いたんだけど」

「ええ、先週から魔法騎士団でも見回りを強化しています」

「極光祭の前に、あの魔獣は北の街を襲うの。被害者がたくさん出る」

なぜ知っているのかと問われれば、オーレリアには答えられない。

ただ、知っているのだ。魔と通じているのではない。この世界を創造した側にいたからこそ、知っている。

──とは、言えないんだけど。

「教えてくださり、ありがとうございます。オーレリアからの情報となれば、かならず私が魔獣を撃退し、あなたにお応えしましょう」

「……なぜ知ってるか、根拠を訊かないの？」

「はい。聞きませんよ」

「どうして？」

不思議に思って尋ねると、シリルは真顔でじっとオーレリアを見つめる。

「愛する人の言葉を疑う理由のほうが、私にはわからないからです」

「そ、そうなの。そういうものなのね」

──シリルって、ものすごく純粋といえば純粋な人なんだ。

その純粋な好奇心がまずい方面に向いていると大変なことになるだけで、本来彼はとても心の清らかな素直な人間なのかもしれない。

期待しすぎな気持ちもなくはないが、婚約者が偏執的な人間よりは純粋すぎておかしくなっているほうが安心できる。安心できるのか？

「オーレリア」

彼は、そっと手を握ってくる。

シリルを見ていると、美しい人間とは末端まで繊細にできているものだと感じる。

指の関節や、爪の際まで芸術的なのだから、誰もが見惚れるのも無理はない。

「あなたは、ほかの人とは違います。私にとって、唯一無二の存在なのです」

「え……？」

魔力を提供しているという意味では、まったくの他人より近い距離にいると思う。

十二年。

決して短い時間ではない。ただし、交流というほどの何かがあるわけでもなかった。

「ずっとあなたが私の安らぎでした。見守ってきたと申しあげたでしょう？　あなたがいかに特別な人か、誰よりも知っているつもりです」

どき、と心臓が高鳴る。

真剣な目を向けられて、まるで自分の境遇をすべて知られているような錯覚に陥った。

——知っているはずがないのに。わたしが前世を覚えていることも、この世界の設計や未来を知っていることも……

「あなたにとっては、偽装婚約の相手は誰でもよかったのかもしれません。ですが、私はそうではない。それだけのことです」

微笑んでいる彼は、どこかに寂しさを隠しているように見えて、それが自分の感傷だと知っているのに、どうしても手を放せなかった。

つないだ手が、じんとせつない。

カネナルの世界で悪役令嬢に転生したとはいえ、オーレリアは家族に恵まれ、幸せな幼少期を過ごした。

同じころ、十歳のシリル少年がひとりぼっちで離宮にいたと思うと、彼に同情してしまうのは仕方のないことなのかもしれない。

「ところでいいのですか?」

「え、いいって? 何が?」

ほんの少しだけ、シリルに心揺らいでいる自分を見透かされた気がして。

オーレリアは、不自然に動揺していた。

「私としてはあなたと過ごせる時間のすべてが愛おしいわけですが、オーレリアはこのあとの講義があるのではないでしょうか?」

「そうだった! 遅刻しちゃう!」

つないだ手をパッと離す。まだ手のひらに、彼のぬくもりが残っていた。

「じゃあね、シリル」

「帰りに迎えにきます。またのちほど」

走り出したオーレリアの背中に、シリルの声が追いかけてくる。

またのちほど。その言葉が心に残った。

放課後には、彼に会える。

当たり前の約束が、なぜかとても嬉しかった。

§　§　§

冬が近づいてくると、デュカウル王国の夜は色を変えていく。

カネナル世界における極光祭は、前世でいうなら日本のクリスマスに近いイベントだ。恋人たちの聖夜である。

プレゼントをあげる文化はないけれど、人の目に触れるデートだと思うと、外出用のドレス選びにも気合いが入る。

「オーレリア、極光祭のドレスはお決まりですか？」

ある日の帰り道、馬車の中でシリルがそう尋ねた。

「まだ。目下、侍女たちと相談中よ」

膝の上に置いたバッグに肘をかけ、オーレリアは頬杖（ほおづえ）をつく。公爵令嬢としてはあるまじき所作だが、彼の前では自然体を許されている。

「よろしければ、私にプレゼントさせていただけませんか？」

「……シリル、あなたはなんでもくれるけれど、わたし、そこまで困窮している家の娘でもないの」

「もちろん存じております。我が愛しの婚約者どのに、愛の証を贈りたいだけですので」

そのとき、唐突に馬車が停まった。自動車のないこの世界で、馬車は当然馬が引く。その場合、緊急停止は不自然なことである。

眉根を寄せたオーレリアの耳に、怯(おび)えた嘶(いなな)きが聞こえてきた。

——何があったの？

車窓の外に目を向けると、闇を溶かしたように黒い体毛の魔獣が馬車に向かって駆けてくるのが見えた。

——まさか、北の森の魔獣が⁉

「オーレリア、絶対に馬車から降りてはいけません」

シリルが、馬車の扉を開けてステップを下りていく。

「待って、シリル！」

いかなる魔法騎士であろうと、たったひとりで魔獣に対峙するのは危険だ。オーレリアは右手を伸ばしたが、それより早くシリルは馬車の外に飛び出していた。

——シリル！

今にも馬車に飛びかかってきそうなほどに近づいた魔獣の前に立ち、シリルが右手をすっと天に向けて持ち上げる。

ごくり、と息を呑んだ。

彼のチートな魔法能力は知っていた。だが、知識として、知っているだけだった。

ものすごい速度で襲ってきた魔獣が、糸が切れたように、その場にどさりと倒れ込んだ。

――魔力吸引って、そうか。そういうことなんだ。

その後も、最初の一頭を追うように魔獣が来襲した。両手の指で少し余るほどの数の魔獣を、シリルはなんてことなく次々に気絶させていく。

そうしているうちに、魔獣討伐の魔法騎士たちが集まってきた。

「シリルのおかげで、魔獣を簡単に捕らえられるな」

「ほんとうだ。魔力喰いのシリル様々だよ」

魔法騎士たちは、倒れ込んでヒクヒクと痙攣する魔獣たちの息の根を止め、退魔布で包んで荷馬車に積み上げていく。

――ほんとうに、シリルってすごい魔法使いなんだ。

主のいない馬車は、その場で魔獣がすべて片付けられるまで留まっていた。

「お待たせして申し訳ありません、オーレリア」

「ううん。あの、お疲れさま。シリルって……すごいのね」

「なんてことはありませんよ。私はこういう能力の持ち主なだけです。そのせいで、ずっとひとりで生きてきたわけですが、今は魔法騎士団という居場所もありますので」

――ずっと、ひとりで生きてきた。その彼の人生で、わたしは少しでも安らぎになれていたということ……？

彼の語る愛情が、途端に現実味を帯びて感じられる。

シリルにとって、自分はそれだけの価値があるということなのだ。

――ほんとうに、わたしを好きでいてくれる。この人は、わたしを想ってくれているから、たったひとりで魔獣の前に飛び出していったんだ。

「あの魔獣たちって、北の森に出る魔獣なの？」

「いいえ、あれはまた別のものでしょう。北の森の魔獣は、私の力をもってしても簡単に倒せるものではありませんから」

「えっ、そうなの？　じゃあ、今は別の魔獣だってわかっていて外に出たのね？」

「違いますよ？」

意味がわからなくて、オーレリアはシリルを凝視する。彼の体のどこかに、答えがあるのではないだろうか。そんな気持ちで見つめた。

「じゃあ、もし北の森の魔獣だったら――」

「その場合、刺し違えてでもあなたのもとには行かせませんのでご安心を」

「刺し違えたらダメよ！」

「オーレリア？」

――そんなの、ダメ。困る。

彼が怪我をするのなんて見たくない。

「――さっきの話なんだけど」

「はい？」

「極光祭のドレスのこと」

「ああ、その話でしたか」

「ごく普通に着用できるものなら、喜んで着るわ」

「ありがとうございます。楽しみにしていてくださいね」

「……うん」

「私も楽しみにしています」

脱がすのを、と小さくつぶやいた声は、聞こえなかったふりをした。

そして、極光祭当日。

数日前に届いたドレスは、美しいシルバーホログラムのオーガンジー素材でできている。角度によって、虹を溶かし込んだように何色もの色に変化する布地だ。

一緒に届いた下着は、きちんと必要な部分に必要な布地があるデザイン。むしろ、フリルとレースがたっぷり使用されたかわいらしいものだったので安堵した。

彼からのプレゼントの下着とドレスを着て、防寒対策に毛皮のケープと手袋をし、いつもより言葉少ないシリルと一夜橋まで馬車で向かう。

――シリルの中着、ドレスと同じ生地だ。

ささやかなおそろいが、ほのかに心をときめかせる。

もっと大げさに、たとえば共布のフロックコートを着てこられたら、並んで歩くのが恥ずかしかったに違いない。

そんなオーレリアの考えを知ってか知らずか、遠慮がちなカップルコーデを選んだシリルに好感を抱く。

「お手をどうぞ、オーレリア」

馬車を降りると、彼が恭しく右手を差し出す。

「ありがとうございます、殿下」

人目のある場所では、互いに婚約者らしい振る舞いをする。偽装婚約だからというのもあるけれど、彼はこの国の王子だから当然のことだ。

「人が多いですね」

一夜橋は、魔法で作られている。

幸せそうに頬を赤らめた恋人たちが、橋に向かって歩いて行く姿を眺めながら、オーレリアは白い息を吐く。

——この中に、きっとアンジェリカたちもいるんだ。

現状、オーレリアから観測するにアンジェリカはブラッドルートにいるような気がしていた。あまり彼女に近づくと、悪役令嬢ムーブをさせられてしまうというのを知っているため、詳細まではわからない。

けれど、学院内で見かけるアンジェリカはいつもブラッドと過ごしている。

楽しそうに、嬉しそうに。

——あれは、恋する女の子の視線だもの。

純粋に、彼のことを信じて、心を寄せるアンジェリカはとてもかわいい。

悪役令嬢ポジションから見れば、主人公なんて鬱陶しいものなのだけれど、そういうことを差し引いて彼女はキラキラ輝いている。

なるほど、そういう意味でオーレリアにはそれがないのだ。たぶん、ないのだろう。

「寒くありませんか、オーレリア」

人混みの中を歩く彼が、耳元に顔を寄せてきた。

「寒いけど、楽しいです」

「私もです。毎晩極光祭だったらよいと、道中の馬車からずっと思っていました」

——毎晩⁉

橋に近づくほど、人の密度が高くなる。

空には空気のヴェールを視覚化したような、緑にも青にも見えるオーロラがかかっていた。幻想的な景色の中で、シリルがつないだ手に力を込める。

痛いわけではないのに、指先がジンとせつなくなった。

もしかしたら、ほかの恋人たちもこんな気持ちを味わっているのだろうか。幸せそうに微笑み合う、彼ら、彼女らの指先も自分と同じように熱を帯びているのだろうか——

「この中にいたら、わたしたちも恋人同士に見えるのかな」

ぽつりと口をついた言葉は、自分でも恥ずかしくなるくらい浮足立っている。

——わたしったら、何を。

恋人たちの笑顔にあてられてしまったのかもしれない。

それとも、シリルの手から伝わってくる優しさに？

「私は、あなたがそう思ってくださったら嬉しいですよ」

「…………」

何も言えず、かすかに赤らんだ頬を隠そうとオーレリアはうつむいた。

つま先が、冬の土を踏む。

この先には雪と魔法でできたたったひと晩で消えてしまう、橋が待っている。

「あっ、見てください、オーレリア」

「え？」

「あそこです。あの木の枝」

左手の人差し指で、彼が何かを指し示す。

周囲の人々も、シリルの声に反射的に指の先に視線を向けた。

「どこ？」

背伸びした瞬間、唇が重なる。

「……っっ！」

不意打ちのキスは、人混みだというのに誰にも気づかれない。周囲は皆、シリルの策にハマって何もない枝の先に視線を集中させている。

「っっ！　もう、シリルったら……」

「はい。私はあなたのことが好きでたまらないんですよ」

――直接、言われるのは初めてなんですけど？

態度から、彼の気持ちがわからないほどオーレリアとて人の心がないわけではないのだ。

ただ、彼は今まではっきりと告白してきたこともなかった。

「……わたしの魔力が？」

念のため、確認だけはしておく。

返事をするかどうかの前に、誤解している可能性だってじゅうぶんに考えられる。

「もしあなたに魔力がなかったら、出会うのは少し遅くなっていたかもしれません。ですが、きっと私はあなたに出会えたはずです。こんなにも恋しく思う女性を、私はほかに知りません、オーレリア」

――きっと最初は、わたしはひとりの人間ではなく、どこかに存在する魔力源みたいなものだった。

孤独だった彼に、ささやかな希望の光を与える存在。

では、魔力がなかったらふたりは出会えなかったのだろうか。そう思ったオーレリアに、彼は違うと告げる。

どんな形で出会っても、彼は自分を想ってくれたのだと。

――そんな奇跡が、あるの……？

「だ、だったら、もしも、私の魔力がなくなったらどうするの？」

「特にどうもしませんよ。今と同じくあなたを愛していると誓います」

逡巡(しゅんじゅん)すらなく、シリルが当たり前のことだと言いたげに即答する。

ほんとうにそうだろうか。

両親や弟妹は無条件にオーレリアを愛してくれている。しかし、それとて自分がローウェル家の血を引く娘だと信じているからだ。

——体はオーレリア・ローウェルだけど、ほんとうは違う。ほんとうのわたしは……

名前すら思い出せない、前世の自分。

オーレリアとして生きてきたけれど、これは作られた人生、設計された命でしかない。

シリルとて、この先オーレリアの魔力が尽きる日が来たときに、ほんとうに今と同じかどうかなんてわかるはずがないのに。

「……そんなの、わからないじゃない」

「わかっていないのはあなたのほうですよ。私がどれほどあなたを愛しているか、まだご理解いただけないのですね」

もう一度、彼がキスをしてきた。

今度は、周囲の目を欺くこともなしに、ゆっくりと舌先が唇をなぞる。

先ほどよりも甘く深く、顎に手をかけた彼がオーレリアを貪った。舌先で口蓋をつつかれると、全身が甘く火照ってくる。

「んっ……」

「すみません、つい」

突然、腰の奥に淫らな炎がともる。

熾火（おきび）が急に燃え上がるような感覚がした。オーレリアは立っていられなくなり、シリルのフロックコートにしがみついた。

「つい、何……？　んっ、何を、したの……？」

「あなたの口の中に準備しておいた淫紋に触れてしまいました」

――ウソでしょ？　ここ、外なんだけど！

甘い疼きが腰から喉元までせり上がってくる。

まだ、一夜橋にすらたどりついていない。あの橋を手をつないで渡るのだと言っていたのに。

――わたしが、シリルに惹かれているから淫紋が発動する……

「だったら、魔法を解いて」

「そうしたいのはやまやまですが、解除はあなたが達することなのです」

国いちばんの魔法使いが、そんな迂闊な方法を用いていいものだろうか。絶対によろしくない。

「どうします？　オーロラを見ますか？」

やわらかな笑みを浮かべ、小首をかしげる彼を前に、オーレリアは言葉を失う。

「それとも、私の離宮にお連れしましょうか？」

口の中の淫紋は、潤沢な魔力によって動作を保証されている。

今すぐに、彼に触れられたい。

おかしいくらいにキスをして、体中を愛されたい。

――初めてなのに、わたし……

今はただ、シリルがほしくてたまらない。これは淫紋のせいだけではないのだと、心が知っている。

――わたしは、シリルに触れられたい。触れてみたい。彼のことを……

「オーレリア？」

耳元に顔を寄せて、彼が吐息まじりに名前を呼んだ。

甘くかすめる呼気に、耳朶が震える。

「……あなたの、り、きゅうに……」

「かしこまりました」

たとえすべてが彼の手のひらの上だったとしても、もう今さらどうにもならない。

オーレリアはシリルの腕にしがみついた。それこそが、この世と自分をつなぐ縁のように――

§　§　§

馬車に乗ったとたん、彼の膝の上に抱き上げられる。

「や……っ、ここじゃ、ダメ……」

「お体がつらいのでしょう？　私の御者は主人の乗る車内を覗いたりしません。どうぞ安心して、身をあずけてください」

御者は前を向いて馬を駆るからいい。問題は、外から見えることではないのだろうか。

けれど、オーレリアにかけられた魔法は凶悪な催淫効果で思考を遮る。

「ダメ、ダメなのに……」

唇はかろうじて抗いの言葉を漏らすものの、彼のキスを受け入れてしまう。

外が寒かったせいで、彼の唇はひんやりと冷たい。

「唇が冷えていますね。温めさせてください」

「シリルの、だって」

「ふふ、どちらのほうが先に熱くなるか確認するのも楽しいでしょう?」

閉じた口に、食むような動きでシリルが唇を重ねてきた。角度を変えて、何度も、何度も繰り返されるキス。なのに、こんな夜に限って彼はその先に進もうとしない。

――舌で、もっとつながっていたい。

いつしか、触れる唇の温度が上がっていた。

首周りのケープが取り払われる。シリルは、オーレリアの鎖骨を指でかすめるようになぞっていく。

「ひ、ぁんっ」

口を開けた瞬間、狙いすましたキスで舌を搦め捕られた。

――あったかい、キス。

自分から、彼の舌を求めて体を擦り寄せていることにもオーレリアは気づかない。

「オーレリア、腕を私の首に回してください。もっとしがみついて」

「ん、……こう?」

「そうです。じょうずですよ。今度は舌を出して、私が舐めやすいようにしてくださいますか?」

恥ずかしいけれど、彼に舌を舐められると想像するだけで腰が浮きそうになる。

おずおずと舌先を差し出すと、シリルは先端を合わせてくる。

「んぅ……っ」

「逃げないでください、オーレリア」

「は……、ぁ、あ、キス、だけなのに……」

「気持ちよくなってしまうのですね。嬉しいですよ。あなたのかわいいお口の中に、淫紋を刻んだ甲斐(かい)があるというものです」

「そんなの、勝手に……」

「ですが、あなたが望んでくださらなければ発動しないのです。この甘い吐息は、オーレリアが私を望んでくださった証でしょう?」

「っっ……、シリルのせい、だわ」

「光栄ですよ、私のオーレリア」

車窓から、オーロラが空を照らしていた。

光はときに、青にも緑にも、白にも見える。

角度によって色が変わるのは、シリルが贈ってくれたドレスも同じだ。

極光の夜、馬車の中でかわすキスには終わりがない。

どこまで行っても、彼の唇は貪欲にオーレリアを求めていた――


離宮に到着したオーレリアは、もう自分で立つこともできなかった。

キスに蕩けた快楽が、腰の奥に淫らな渦を描く。とろり、とろりとたまっていく悦び(よろこび)の澱(おり)に、男を知らない隘路が疼いた。

シリルの腕に抱かれて馬車から降りると、外はひどく寒い。

「彼女の具合があまりよくない。しばらくふたりきりで過ごすので、人払いを皆に命じるよう」

「かしこまりました、殿下」

いつも敬語で話す彼が、使用人にはしっかりと主人らしい口調で命ずるのを聞きながら、オーレリアはシリルの胸に顔を隠す。

呼吸が上がり、頬は紅潮している。唇がわななくのも、目尻が赤くなっているのも、ひとえに淫紋のせいだ。

――体の内側が熱くて、息が苦しい。もどかしさに耐えられなくなりそう。

カツカツと音を立て、シリルが離宮内を進んでいく。

歩を進めるたび、かすかに全身が揺れた。

彼がどこへ向かっているのかわからなくとも、その先に何が待つのかは知っていた。離宮に行くかを確認された時点で、ついていけばどうなるか、予想はできていたのだ。それどころか、オーレリアもまた彼を求めている。

――一方的じゃない。わたしが、シリルを欲しがってる。

肌をあばかれ、触れられて、互いの快楽を満たし合う。

誰にも言えない秘密をひと匙、夜のコーヒーに溶かして飲み干すのなら、相手はシリルしかいない。

偽装とはいえ、婚約は婚約だ。彼とくちづけることも、睦み合うことも、誰に禁じられることではない。

――早く、あの日のように触れられたい。腰の奥が熱くて、溶けてしまいそう。早く、早く。はち切れそうな快感の予感を胸に、オーレリアはベッドへ下ろされた。

知らない部屋なのに、そこがシリルの寝室なのだとぼんやり思う。紫色の天蓋布に金色のタッセル、豪奢なベッドカバーが乱雑に引き剥がされ、青みがかって見えるほど白いシーツの上に、オーレリアはしどけなく四肢を投げ出していた。

「っっ……、は」

仰向けになると、肌の露出したデコルテ部分が呼吸に合わせて上下する。

無言でフロックコートを脱ぎ捨てるシリルが、オーレリアを見下ろして目を細めた。

「そろそろでしょうか」

「何、が……？」

「魔法の起動ですよ」

すでに催淫魔法は発動している。それ以外に何が起動するというのだろう。

もぞりと内腿をすり合わせたとき、脚の間から痺れるような快感が走った。

秘めた花芽を、つねられるような刺激である。

「ひ、ぁあッ」

耐えきれず、オーレリアはシーツの上で背を浮かせる。

――何、これ……ッ！

ドレスの上から腰に手をやり、自分の体に起こっている奇妙な現象を確かめようとするものの、オーガンジーが幾重にもなった上からではままならない。

「ぁ、あっ、や……っ」

びく、びくんっと体を震わせ、こみ上げる快感から体を逃がそうとした。

身悶えしながら、手足をばたつかせていると、上半身裸になったシリルが覆いかぶさってくる。

「シリル、魔法って、何を……」

「あなたに贈った下着には、快楽の蜜が一定量染み込むと感じやすい部分を刺激するよう、準備をしておいたのです」

悪びれることなく、彼は美しい笑顔で告げた。

やはり、あの下着はただのかわいらしい下着ではなかったのだ。

しかも、下着が濡れたら発動する魔法と言われては、彼にキスされてもっと愛されたいと願ったオーレリアの気持ちがバレているということになる。

「しげき、って……あ、あっ」

ぷっくりと膨らんでいるだろう花芽が、布に包まれて根元を引き絞られる。薄い布地は亀裂に食い込み、左右の腰で結ばれたリボンが肌をくすぐった。

「オーレリア、そんなに頬を赤らめて感じてくださるのは嬉しいのですが、その快楽が私以外のものによると思うと嫉妬してしまいます」

――シリルがくれた下着のせいでしょ！

そして、その下着を濡らしてしまったオーレリアのせいなのだ。

快感に打ち震えるオーレリアの左右に手をついて、彼が腰を跨いだ。

ドレスを脱ぐためには、背中のホックをはずさなければいけない。この体勢ではシリルも脱がせようがないだろう。

「魔法には魔法を、私も負けるわけにはまいりませんね」

「何言って……ん、ぅ……ッ」

彼が右手の指をパチンと鳴らすと、オーレリアの肌を覆っていたドレスが一瞬で消え失せた。

「！　う、ウソ……」

慌てて両手で胸元を隠す。豊満な乳房があらわになり、先端がきゅっと屹立しているのを見られてしまった。

「嘘ではありません。このくらい、私にとっては靴を脱ぐより簡単なことです」

ドレスのラインを美しく見せるために着用していたコルセットも、絹の靴下も、すべてがどこかへ消えている。

それなのに、彼のくれたショーツだけが今もオーレリアの亀裂に食い込み、花芽を刺激しているのだ。

「だったら、これも……っ、ぬ、がせて……」

「ええ、のちほど脱がせてさしあげます。まずは――」

「や、ぁぁんっ……！」

両手首をつかまれ、ベッドの上に縫い付けられる。

白く張りのある双丘が彼の前にさらされた。左右の中心は括(くび)りだされたように屹立し、触れられてもいないのにぴくっ、ぴくんっと色づいた先端が震えている。

「ああ、なんと美しいのでしょう。私の愛撫を待ち焦がれ、こんなにも健気に勃(た)ってくださっているだなんて」

違う、とは言えなかった。

彼が胸に顔を寄せてきたのを察し、オーレリアは自分からシリルの口元に乳房を突き上げた。

早く、早く、あの佚楽を与えてほしい。

秘所を舐められたのと同じ悦びを、胸で感じたいと、体が訴えていた。

「シリル……ぅ……」

甘える声が、ねだるように彼の名前を呼ぶ。

「はい、すぐに」

形良い唇が、左胸の乳暈を頬張る。やわらかな粘膜に包まれ、感じやすい先端がぢゅう、と吸い上げられた。

「っっ……！　ぁ、あッ……！」

うなじが粟立ち、腰が跳ね上がる。

彼の両膝で押さえつけられながら、オーレリアは胸をしゃぶられただけで達してしまいそうなほどの快感に襲われた。

「前回よりも、ずいぶん敏感になられましたね。あなたの体は、私の魔法と相性がいいのでしょう」

顔を上げたシリルが、舌先で弾くように乳首を転がしてくる。

唾液に濡れた先端は、はしたなく色を濃くしていた。室内のところどころに灯る魔法のランプは、肌理こまかいオーレリアの肌を淫靡に照らしている。

「ぁあ、あ、シリル、気持ちぃ……っ……」

「もっと気持ちよくなってください。魔法が解けるまで、あなたは私に貪られるのですよ?」

「んっ……、や、ぁ……ッ」

下着は蜜でしとどに濡れ、花芽をきゅうと絞り上げる。それと連動するように、シリルも胸の先をちゅ、ちゅうっと音を立てて吸ってくる。

——気持ちいいのに、どうして……?

本能が、これでは足りないとオーレリアの中で暴れていた。

感じやすい部分を二箇所も責められていながら、それとは別のところで熱が凝っていく。

腰の奥、まだ誰も触れたことのない場所。

隘路の最奥は、ひくひくと蠢いて何かを締めつける動作を繰り返しているのだ。

「かわいいオーレリア、自分から腰を振って私を誘ってくださるのですね」

「ち、がう……っ、これは……ぁ、あっ」

「では、私に愛されるよりも魔法で感じるほうがお好きなのですか?」

せつなげに眉尻を下げたシリルを直視し、全身がぶるりと震えた。

——魔法では、物足りない。わたしは……

「ぁ、わたし、は……」

両手を束縛していたシリルの力が緩められる。彼は膝立ちで体を起こした。

黒い瞳が、じっとりとオーレリアの肌を視姦める。

腰から湧き上がる情慾に、心が追い立てられていく。

──わたしは、わたしがほしいのは……

「っっ……、イカせて、シリル……っ」

目を閉じて、含羞にかすれた声で彼の名前を呼ぶ。

焦れったい快感に苛まれるだけでは、達することはできない。彼の指で、舌で、果てへと導かれたくてたまらない。

「はい、オーレリア」

恍惚をにじませる甘やかな声音。

オーレリアの腰に結ばれた下着の紐がほどかれる。

「いくらでも、あなたをイカせてさしあげます。魔法が解けても、終わりにはしません」

──え……？

「ひッ……ぁ、あああっ……」

吸盤のように花芽に張りついていた下着が引き剥がされると、腰が上下に小刻みに揺れた。

柔肉から透明な糸が引き、ぷつりと途切れて太腿でしずくに変わる。

「ぁ、ぁ……」

はしたないとわかっていても、脚を閉じることができない。

感じやすい部分で、彼の愛撫を待っているのだ。

「ああ、こんなにも私を欲してくださっていたとは――」

「シリル、…………っっ⁉」

トラウザーズの前をくつろげた彼は、相変わらず凶悪な性器を見せつけていた。

自身の根元を右手で握り、シリルがオーレリアの太腿を膝で左右に大きく割る。

「わたし、どうしてこんなに……」

恐ろしいほどの大きさだというのに、それを欲して体が疼く。

「ご安心を、オーレリア」

太幹は、先端がひどく張り出し、雁首（かりくび）の根元に大きな落差を描いていた。そこからさらに太く張り詰め、根元がわずかに引き締まる、ツチノコのような形をしている。亀の頭と表現されることもあるけれど、獲物を狙う蛇にも似ている。

縦に小さく切れ目の入った鈴口は、すでに透明の先走りをたっぷりと湛（たた）えていた。とろりとこぼれた雫は、浮き上がる脈に添って根元へ伝っていく。

濡れた亀裂をシリルの右手が押し開き、花芽が剥（む）き出しになったところめがけて、剛直がビタンと打ちつけられる。

「ひぅッ、あ、ぁッ」

痛いわけではない。苦しいわけでもない。ただ、感じきった花芽に男の慾望が鞭（むち）のような動きで当たっているのが――背徳的なまでに快感だった。

「やめ……っ、ぁ、あっ、やだ、それ、んんっ……！」

ピタ、ピタッと奇妙な音が響いている。膨らんだ亀頭は想像したよりすべらかで、段差部分がぷっくりと腫れている。その雁首がときに花芽を引っ掛けて、引き戻されるときに痺れるほどの刺激を残す。

「ぁ、ッ……、い、ク……っ、イク、イッちゃう、シリル……っ」

神経が一箇所に撚り集められていく。ぎゅう、と凝結した快感が弾ける瞬間、オーレリアは酸素を求めて口を開ける。そこにシリルが覆いかぶさるキスを落とす。

「ん、く……っ」

求めていた快楽の果てにしがみつき、舌を吸われながら絶頂を味わう。たっぷりと呑み込んで、裸の背中に爪を立てた。

耳鳴りのやまない脳内で、かすかな危険信号が点滅する。

それは、鼠径部に当たっているシリルの欲求が、まだ満たされていないことに起因していた。

「っ、シリルも……」

——前のときは、好きと言ったらその、発射していたっていうか……

「あなたはお優しいのですね。私の性欲にも配慮をしてくださる」

「……、だって、それは、あの……」

「オーレリア、今夜は極光祭です」

「？　うん、そうね」

「この美しい光の中であなたを抱くと、ずっと心に決めていました」

――……え？

切っ先が、蜜口にあてがわれている。ほんの数センチ腰を進められたら、ふたりの体はつながってしまう。

「許してくださいますか？」

「あ、わたし、でも……」

初めてを、今夜彼に捧げてしまっていいのだろうか。

――ほしくておかしくなりそう。今すぐにシリルがほしい。

「あなたが絶対に嫌だとおっしゃるのでしたら、いたしません。ですが、ほんの少しでも私を想ってくださるのなら、どうぞあなたの純潔を与えてくださいませんか？」

「……初めて、なの」

「はい」

「だから、あの、優しくして……？」

にゅく、と雄槍がめり込んでくる。達したばかりの体は、力が入らない。

「優しくします。私のすべてをかけて、お約束します」

「シリル……」

シリルが腰を進めると、ぬるんっと蜜口から亀頭が追い出されて花芽に当たる。

けれどすぐに、彼はまた根元をつかんで互いの位置を調整した。

「んっ、あ、あ……！」

「オーレリア、あなたがほしい」

「わ、たしも……」

あまりに気持ちよくて腰を左右に揺らしてしまう。それがシリルを浅瀬へ導いた。

「！　やぁ、あ、入ってきちゃう……」

「オーレリア……！」

あがく体を強く抱きしめ、シリルは体重をかけてオーレリアの動きを封じる。

細身に見えても、自分とは違う男の体だ。きつく抱きすくめられて、逃げ場などありはしない。

同時に、心とは裏腹に彼の熱を欲して隘路がひくついている

「ああ、ああ、わかりますか？　あなたの中に、私のものが埋まっていく。吸い込まれていきます」

「や、ん、入って、きてる……」

「ぎゅうと締めつけて、いたいけな処女の粘膜が私の精を絞り出そうと……ああ、あなたがすがりついてきます、オーレリア」

ゆっくりと、シリルが腰を揺らす。

すでに亀頭は浅瀬に埋まり、蜜口は深い段差を食い締めていた。

「あなたを心から愛しています」

かすかに浮かんだひたいの汗をそのままに、彼は耳元でささやく。

そして——

「ひ、ぁァッ……！」

ずぐ、と楔が穿たれた。

もっとも太い部分が蜜口を押し開き、オーレリアはたまらずシリルの体にしがみつく。鈍く重い熱が、体の中を抉っていた。

張り裂けそうなほど蜜路を広げられ、眦から涙がこぼれる。

——こんなのムリ、中が広がっちゃう……！

「お、っきぃ……ッ」

「私のものを気に入ってくださったという意味ですか……？」

「違……っ、ぁ、あ、中、壊れちゃう、おっきいの、ダメぇ……ッ」

きつく引き絞る蜜口が、かえってシリルの挿入をうながしていることにオーレリアは気づかない。

彼は深く腰を沈め、根元近くまで雄槍を埋め込んだ。

「ひ、あっ……、ぅ、うう、もぉ、ムリぃ……」

「こんなに濡れていても、あなたの中はとても狭い。ああ、かわいそうに、入り口が健気に私のものを咥え込んでいらっしゃる……」

　体を起こしたシリルは、ふたりのつながる部分に視線を落としてうっとりと笑みを浮かべる。

　人差し指が、輪状に劣情を咥える蜜口をつうとなぞり、その刺激に腰が浮く。

「ひ、ぁ、アッ」

「こうされるのがお好きですか？」

「んっ、好き……ッ」

「指であやすと少し力が緩むようです。あなたの体に負担を強いたくはありません。もっと感じていただくためには――」

　思案顔のシリルが、ちょんと花芽を指で撫でた。

「！　っっ……、ぃ、やぁ……ッ」

「こちらですね」

「違う、違うぅ……！　そこ、ダメぇ……」

　親指と人差し指で根元をつままれ、指腹をこすり合わせるようにして彼が敏感な部分を弄ぶ。

　深く突き刺された楔をきゅうきゅうと締めつけ、オーレリアは身を捩った。

「やめ……っ、そこ、や、さわらないで、いや、イッちゃうから、やだ、やだぁあ」

「いいんですよ。何度でも達してください。あなたのイキ顔を私の網膜に焼き付けたいのです」

　自身の蜜に濡れた花芽は、シリルの指にこすられて痛いほどに感じている。

快感に喘ぐオーレリアの蜜口がわずかに緩み、もうこれ以上は入らないと思っていたさらに奥へ、彼の亀頭がめり込んできた。

「やだぁ……、お願い、シリル、お願いだから、もぉ……っ」

「壊したりしません。大切に抱きます」

子宮口を切っ先が押し上げる。

――深い……！

ズシリと体重をかけ、シリルはオーレリアの隘路を完全に雄槍で埋め尽くした。

――お腹の中、シリルでいっぱいになってる。

「あ、ああ、わたし、初めて……」

「ええ、そうですね、オーレリア。私の贈った下着とドレスを身に着けて、あなたは私のもとへ極光祭の贈り物となってやってきてくれたのです」

ぬるるる、と彼の劣情が引き抜かれていく。かすかに安堵したオーレリアは、返す刀で突き上げられて声に鳴らない快感で貫かれた。

――ウソ、さっきまでと違う！

濡襞が嬉しそうにシリルを咥えている。痛みはとうになく、ひりつくほどの悦びが全身を支配した。

「ヘン、になるから、やめて……」

「かわいいあなたの懇願でも、もうやめることはできません。あなたの処女はもう奪われてしまったのですから」

「や、やだ、そんな言い方……っ、あ、うッ……！」

引いては突き、突いては引く。

緩やかな動きながらも、それは確実にオーレリアの純潔を奪う行為なのだ。

「今夜、あなたは女になりました。そしてこれから――私だけの女になってください、オーレリア」

「何……を……」

「おわかりにならないのですか？　今からあなたの中で私のものを扱いて、子種を搾り取っていただくのです」

「！　や、やだ、ウソ……っ」

「あなたの奥深くに注ぐことで、私だけの女にするのですよ。さあ、がんばりましょうね、私の愛しの婚約者どの」

「や、妊娠ダメ、ダメだからぁ……、ん、むっ……」

彼は両手でオーレリアの乳房を鷲掴みにし、唇をキスで塞ぐ。

体の上下で、同じ動きが行われる。舌による蹂躙と、雄槍による破瓜の儀。

シリルの舌が螺旋を描けば、楔もまた隘路で螺旋を描く。

――こんなの、狂っちゃう。頭の中まで、シリルに犯されてるみたい……

「は……っ……、ああ、気持ちよくて溶けてしまいそうです。あなたの奥深くに、こうして何度も――、何度も、何度も何度もキスをしているのがわかりますか……？」

どちゅ、ずちゅっ、と最奥に脈打つものが打ちつけられた。

「んう、うぅう……ッ」

もうやめてほしいのに、催淫魔法の余韻がそうさせるのか、オーレリアの体は完全にシリルを受け入れはじめている。

彼のものが子宮口にめり込むたび、きゅうと締めつけては吐精を求めて粘膜がうねる。シリルの太く逞しい劣情を、根元から先端にかけて搾り取ろうと蠕動するのだ。

――イヤ、お願い、わたしの体、こんな……

長くせつないキスと、終わらない抽挿が、次第に熱を帯びていく。

彼の動きが加速して、ふたりのつながる部分から夥しい蜜があふれる。

肌と肌がぶつかる打擲音は、紫色の天蓋布に閉じ込められてふたりの鼓膜を甘く濡らしていた。

「私があなたの初めてを奪った男です。どうぞ、生涯お忘れになりませんよう。この先もほかの男にあなたの体を抱かせるつもりはありません。あなたの知る男は、私だけなのですよ……？」

「も……っ、あ、やだ、あ、あっ」

「好きだと言ってくださらないのですか？」

「そ、んなの、あ、ああっ」

――どうして大きくなるの⁉

「ああ、オーレリア……」

「や、やだ、大きくしないで、中、ムリっ……！」

「あなたがいけないのですよ？　こんなにも私を悦ばせてくださるから」

責任転嫁もいいところではないか。

初めてのオーレリアに、男性の性癖などわかるはずもない。

だが、シリルもまた初めてなのだと言っていた。

「――では、好きになっていただけるまで懸命にあなたを愛しましょう」

「ひうぅ……ッ⁉」

律動が、最奥を重点的に抉る動きに変化する。

刻まれるリズムに、隘路がひくひくと痙攣した。

「あなたが私を嫌いでも、あなたの体には愛されたい……。ああ、オーレリア、このままあなたの中に最初の子種を放ちますよ」

「っっ……、ひ、避妊魔法、を……かけてぇ……っ！」

中に出さないでと懇願したところで、彼が聞いてくれるとは思えない。

ならばせめて、妊娠しないように。

「この快楽の前では、魔法など忘れてしまうかもしれません」

「や、信じて……っん、な、あ、あっ」

子宮口にずちゅずちゅと打ち込まれる楔が、先端をぶるりと震わせた。

「やだ、中に出すのやだぁあ……ッ」

「ああ、出ます。あなたの中に、私の精が……！」

「ひにん、まほう……っ、ちゃんと、あ、あ、ああっ……!?」

びゅく、びゅる、と心の内側に迸り（ほとばし）を感じた。

ギチギチに勃起した劣情が、脈を打って愛を遂げているのだ。

——出てる、シリルの……

傘を張り出した先端は熱いものを重吹（しぶ）かせる。

白濁が、じゅわりとオーレリアににじんだ。体の奥に、シリルの精が沁（し）み込んでいく。

「っっ……、ぁ、あ、やぁああッ……、放して、ぁ、うッ……」

「駄目です。このまま、すべて飲み干してください」

「ひっ……ぁあああ、あ、あっ」

飛沫（しぶき）の一滴すら残さずオーレリアの中に絞り出そうと、吐精の間も彼は抽挿を止めてくれない。

——ダメ、奥に熱いのが当たって……！

蜜口がきゅん、とせつなさに引き絞られた。

「ぁああ、あ、動かないで、ぇ……」

「……っ、全部、出ましたよ」

「！　し、信じられない……、こんな……」

遂情のあとでも、シリルの雄槍はまだ硬いままだ。膣内に塗り込めるように、彼は腰を揺らしている。

「私としては、あなたに孕(はら)んでもらうのも幸福なのですが――」

「ダメ、絶対ダメ！　結婚前に妊娠だなんて！」

彼は攻略対象ではないけれど、すでにこの物語に深く食い込んだ主要人物だ。

しかも、攻略対象であるブラッドの兄で、デュカウル王国の第三王子。

――周囲から見たら、わたしは王子をたぶらかしてデキ婚に持ち込む悪役令嬢になっちゃう。

「では、避妊魔法を使いましょうか？」

「……お願い、します。避妊してください」

「ああ、そんな、あなたに懇願されるだなんて」

――だから、そこで恍惚としている暇があるなら避妊を……！

「かしこまりました。覚えたてではありますが、私の魔法に不備はありません。お望みのとおりにいたしましょう」

「あの……それはそうとして、まずは抜いてほしいの」

未だずっぽりとはめ込まれたままで、オーレリアは恥ずかしいのをこらえて彼を見上げる。

――中、いつまでもこうしていると、ジンジンしてせつなくて……

初めての快楽に溺れた体が、ひく、ひくん、と彼をまた締めつけてしまう。自分では止められない、快感の連鎖だ。

「避妊魔法のためには、つながったままでいる必要があります」

「ええ……!?」

不満はあれど、避妊のためなら仕方がない。

オーレリアはおとなしく、彼の言葉の続きを待つ。

「では、オーレリアから私にキスをして、『赤ちゃんできちゃうからダメなの』と仰ってくださいますか?」

「…………」

なんと白々しい。そんなひどい魔法があるものか。

それでなくとも相手は、デュカウル王国屈指の天才魔法使いだ。今さら呪文など唱える必要なく、どんな魔法もかけることができるはずなのに。

――悔しいけど、言わなかったらシリルは魔法をかけてくれないかもしれない。

奥歯を噛みしめ、オーレリアは「わかった」と答える。

「この体勢ではおつらいでしょう? 少し位置を変えますね」

「ん、あッ」

体を引き起こされ、あぐらをかいたシリルの上に跨（また）った格好だ。当然、ふたりの体はつながったままである。

「これ……ッ、奥、もっと……」

「もっと奥までほしいですか？」

「ちがうぅ……ッ」

自分の体重がかかって、いっそう奥まで彼の楔が突き刺さってしまう。

内臓まで貫かれるのではないかと思うほどに、シリルがオーレリアを串刺しにしていた。

「さあ、オーレリア。教えたとおりにしてください。そうすれば、避妊魔法が完成します」

「っっ……、この、ドヘンタイ……っ」

「ご褒美のお言葉を賜るのはたいへん嬉しいですが、私の子を孕む心積もりがおありと思ってよいのですか？」

――そんなわけ、ないでしょ！

ガクガクと震える膝に力を込め、彼の唇に噛みつくようなキスをひとつ。

「……っ、あ、赤ちゃんできちゃうから、ダメなの……っ」

真っ赤な顔で唱えた直後、咥え込んだ雄槍がムクムクと張りを増した。

「な……なんで……っっ⁉」

「あなたのせいです、オーレリア」

潤んだ目の王子は、忘我と狂気の狭間を思わせる美しすぎる笑みでこちらを見やる。

――待って！　せっかく避妊したのに！

「私の童貞を奪った責任を取ってくださいね……？」

「ムリ、ムリだから、落ち着いて……、あ、あっ、やだ、ウソ、シリルのばかぁ……ッ」

始まる二回戦を、夜空にくゆるオーロラだけが見ていた。

窓の外には、冬の夜。

遠くで一夜橋を渡る恋人たちは、幸せに頬を染めている。

オーレリアもまた、ある意味では多幸感を満喫して――いたのかもしれない。

第三章　ヤンデレ王子が本気を出したら……

「――というわけで、結婚前ではありますがオーレリアを我が離宮に滞在させていただけますようお願い申しあげます」

　警備上の理由や、今後王族の妻として暮らしていく準備、何よりオーレリアを心から愛しているから一秒でも離れているのがつらいと、もっともらしいことを述べたシリルがオーレリアの両親に頭を下げる。

　ローウェル公爵とその夫人、つまりオーレリアの両親は第三王子が頭を下げる姿を前に、困惑しきりだ。無理もない。

――そこまでして、わたしを離宮に呼びたいのはわかったけど……

　彼の生い立ちを聞けば、同情する気持ちにもなる。

　十歳からほとんどの時間を離宮で過ごしたシリルが、自分の手で新しい家族を作りたいと思う気持ちだって、想像することはできる。

　人寂しさゆえ、遠目に見ていたオーレリアに想いを寄せたというのもわからなくはなかった。

――わたしも、この人といればきっと悪役令嬢にならずに済む。

偽装婚約については、自分が黙っていれば誰も気づかないことだ。なんなら、このまま卒業を待たずにシリルと結婚するというのも――

体を重ねたせいか、あるいは彼の一途な愛情のせいなのか。

結局、オーレリアは彼に心惹かれはじめている自分を知っていた。

「オーレリア、おまえも殿下と同じ考えなのだね？」

「……はい、お父さま。いずれ殿下と結婚するからには、今のうちから準備をしていきたいと考えております」

十七年間、育ててくれた両親への愛情は今も変わらない。

オーレリア・ローウェルは、カネナル世界で悪役令嬢として命を落とすキャラクターに設定されていた。

けれど、彼女（オーレリア）の人生を生きてみて思うのは、のちの悪役であろうと幸福な思い出はたくさんあるということだ。

少なくとも、ローウェル家においてオーレリアは家族に愛され、勉強に励み、令嬢としての自分を磨く毎日を過ごしてきた。

ゲームには存在しない、幸せだったころのオーレリア。

――まあ、この世界ではわたしがオーレリアなんだから、悪役令嬢にはならないんだけど！

「わかりました。殿下のたっての望みとあらば、オーレリアには引っ越しの準備をさせましょう」

父は言葉とは裏腹に、ひどくつらそうな表情をしていた。

公爵たるもの、娘が王族と結婚するというのを止める理由はない。それどころか、よくやったと褒めて当然なのだろう。

「ですが殿下、オーレリアは優秀な反面とても不器用な娘です。人前で感情をあらわにすることを己に禁じ、ローウェル公爵家の名に恥じぬよう自分を律してきた結果、同い年の子どもたちに馴染めなかったこともあります」

「お父さま」

「そんなときには、友だち作りの練習を鏡の前で何度もしていた――オーレリアは、そういう娘です。この先も、きっとうまくいかないときにひとりで苦しむことがあるでしょう。そのときには、どうか娘にご助力ください。身分をわきまえぬ発言となることを承知で申しあげます。どうぞ私たちのかわいい娘を、オーレリアをよろしくお願いいたします」

きっとゲームのオーレリアだって、シリルと出会っていれば物語は変わっていたに違いない。

父親が頭を下げる姿を、母親が涙ぐんでいるのを必死に隠す姿を、彼女は知らなかった。

不器用ゆえに、好きになった男を一途に追いかけ、アンジェリカの邪魔をしてしまったオーレリア・ローウェル。

――わたしは、シリルと出会えたから今、この現実を見ることができたんだ。

「お父さま……」

前世の記憶を取り戻したのはほんの一年前。

それよりも家族と暮らした時間は長い。せめて学院を卒業するまで、このままの生活を続けたいと思う気持ちはあった。

「まあ、オーレリアったらなんて顔をしているの。これからあなたは、殿下のおそばで女主人として生きていくのですよ。いつまでも子どもでいてはいけないわ。立派な淑女として、この家を巣立っておいきなさい」

「はい、お母さま」

ドアを細く開けて、妹と弟が心配顔でこちらを見ている。

「ローウェル公爵、ご夫人、不躾(ぶしつけ)な私の申し出を受け入れてくださるご両親には、感謝しかありません。おふたりのオーレリアへの愛情に恥じぬよう、今後は私が彼女を支えてまいります。至らないところもある若輩者ですので、御指南いただけましたら幸いです。ベンジャミンの鐘が鳴るのを待って、オーレリアと正式に結婚させていただきます。こんな私にすばらしいご令嬢を託してくださることを心より嬉しく思います」

――こうやって、わたしたちは家族になっていくのかな。偽装婚約も、結婚すれば偽装じゃなくなる。シリルの言っていたとおりに……

公爵家での感動的な歓談を終えたのち、シリルは紋章のついたいつもの馬車のステップに足をかけてから、オーレリアに小さく手招きした。

「どうしたの？」

「よいご両親とごきょうだいですね、オーレリア」

「そうね。ほんとうにそう思う」

「私たちも、あなたのご両親のように愛の結晶を育てたいものです」

「……お気をつけて帰ってくださいね、ドヘンタイ王子」

遠目には、若い婚約者たちの仲睦まじい姿に見えたことだろう。

いや、遠目だけではなかった。いつしかオーレリアはこの男に心をしっかりと奪われている。

そうでなければ、どんな魔法を使われても簡単に体を許したりはしなかった。

――わたしは、あなたのことが……

§　§　§

「まあ、ではオーレリアさまはシリル殿下の離宮にお住まいになるんですの？」

「さすがはオーレリアさまですわ！」

「ええ、いえ、まあ……」

魔法学院の教室で、オーレリアはサンドイッチを手に笑みを取り繕う。あまり公表したいことではないのだが、とりまきの女子生徒たちにとっては誇らしい話題だから声が大きい。

前世を持つオーレリアだけではなく、モブのひとりひとりが生きているのだ。

ゲームのエンディングが来ても人生は続く。ならば、短絡的な行動は控え、皆が幸せに暮らせるほうがいいに決まっている。

「いつごろお引っ越しをされるのですか？」

「そうね、近々になるとは思いますわ」

「わたくし、お祝いにケーキをお届けいたします」

「あら、抜け駆けはよくなくってよ。だったらわたくしは、ケーキに合う紅茶の茶葉を選びますわ」

「皆さま、そんなお気遣いなさらないで」

――もう、だからシリルには余計なことを言わないでほしかったのに。

学院の生徒と婚約し、あまつさえ同じ屋敷で暮らすからには、学院長に正式にあいさつをしなくてはいけない、とシリルは言った。

今ごろ彼は、学院長室でその件について話をしている。

シリルの姿を見た生徒たちが数名いて、とりまきの子らから質問にあい、オーレリアは彼の離宮で暮らすことを説明する羽目になったのだ。

正直、婚約についてはとうに皆の知るところだから今さら感は否めない。それでもあえて公表したがるのは、オーレリアに余計な虫がつくのを避けたいからなのだろう。

学院内にはそんな不届き者はいない——と、オーレリアは思っている。それはゲームのシナリオ上、決まっていることだ。

もちろん、自分以外にも決められた役割から逸脱している者もいるかもしれない。シリルとか、シリルとかシリルとか。

——でも、それはそれでいいんだ。だって、ここはゲームそのものとは違う世界だから。

今はまだ完全にゲームと別の世界線だと言い切ることはできない。ベンジャミンの鐘が鳴ったその先にたどり着いてからがほんとうの始まりだ。

「オーレリア・ローウェルはいるか？」

教室の前方出入り口から、大きな声が聞こえてきた。

突然名前を呼ばれて、オーレリアは声のするほうに顔を向ける。

立っていたのは、銀の髪の第五王子、ブラッドだ。

「義姉上、話がある」

——え、行きたくない……。

ブラッドとアンジェリカには近づかないよう、常に留意して暮らしてきたのだ。

無事、極光祭を終えた。あとは魔獣討伐をやり過ごせば、ベンジャミンの鐘が鳴るはず。

「ブラッド殿下だわ」

「二年の教室にいらっしゃるなんて、お珍しいわね」

「ほら、オーレリアさまがシリル殿下とご婚約になったから……」

周囲の興味をいたずらに煽るのもよろしくない。婚約者の弟と軋轢（あつれき）があるように誤解されるのも厄介だ。

実際、どんな行動が断罪エンドにつながってしまうかわからないのだから、誰とも摩擦を起こさずに平穏な暮らしをするのが望ましいのだが――

「ブラッド殿下、申し訳ありませんがわたくしこれからキャスリー先生に頼まれた講義の準備がございますの」

――きれいごとだけじゃ、自分の命は守れないしね。

しかし、ブラッドは無言で頷くと二年のクラスを見回した。

「では、その作業はきみが代わってやってくれ」

「えっ、俺ですか⁉」

急に指名された男子生徒が、興奮した様子で椅子から立ち上がる。

第五王子からの指名とあっては喜ぶのも当然なのだが、オーレリアとしては頭が痛い。代替のきかない用事を言えばよかった。

「ということで、オーレリア、きみは時間ができた。まさか断るとは言わないだろうな」

――強引なところは兄弟そろって同じなんだ、まったく！

ため息をつきたい気持ちを、ぐっとこらえて令嬢スマイルで武装する。

「ええ、ブラッド殿下の仰せのままに」

――悪役令嬢ムーブはしない。してたまるか。

笑顔の裏で拳を握り、オーレリアは教室を出た。

やってきたのは、研究棟にある魔法練習室。

王立魔法学院は、教育機関であると同時に国内屈指の研究機関でもある。

魔法にはさまざまな用途があり、古い魔法を再利用する研究や、新しい魔法の開発が日々行われているのだ。

シリルのような天才はさておき、通常の魔法研究者には実験や実践が必要となる。

学院はもともと学生が魔法の練習をするために、いくつも練習室を作っていて、ときに研究者たちもそれを利用することがあった。

「それで、わたくしにお話とはなんでしょう」

髪色や瞳の色、顔立ちや体格も性格も、シリルとブラッドはあまり似ていない。それもそのはず、彼らは母親が違っている。第一王子と第二王子の母は流行り病でこの世を去り、第三王子シリルと第四王子の母は病気を理由に離縁、そして第五王子ブラッドの母が現在の王妃だ。シリルとブラッドの共通点は、長身と王子という身分くらいだろうか。

「オーレリア・ローウェル」

「はい」

「これまで申し訳なかった!」

――はい???

突然の謝罪に、オーレリアは目を瞠る。

俺様王子とばかり思っていたブラッドが、深々と頭を下げている。いったいどういうことだろう。彼に謝罪される理由が、オーレリアには思いつかない。

「あの、殿下」

「俺はずっときみを誤解していたようだ。兄上の婚約者である女性を、まるで悪女のように扱ってきた無礼を許してほしい」

本来、カネナル世界におけるオーレリアは悪役令嬢なのだ。当然シリルとの婚約なんて、どのルートにも存在しないし、攻略対象であるブラッドがオーレリアを見直すイベントもない。

これは新たな物語の始まりだ。

「わかりました。どうぞ頭をお上げください」

「何……ッ!」

顔を上げたブラッドは、美貌を放棄したかのように目をむいた。自分から謝っておいて、こちらが許したら不満だなんて面妖な話だ。彼はひとりで百面相をしたのちに、がっくり肩を落とし、両手を膝に置いた。

「ほんとうに、俺が間違っていたのだな。兄上の言うとおりきみは心優しき人のようだ」

――むしろ、今の発言が失礼なわけですが。

悪女ではないとわかってくれたのなら、とりあえず今はそれでよしとする。オーレリアとしても、ブラッドの認識が変わってくれるのはありがたい。

「誤解がとけたようで、わたくしも嬉しく思いますわ」

「ああ。これからは敬意を払って義姉上と呼ばせていただこう」

「あの、その呼び方はちょっと……」

「なぜだ」

「年上の殿下からそのように呼ばれては、わたくしのほうが戸惑います」

「きみが兄上と結婚したら、義姉になるのは必然だ」

「気にせずオーレリアとお呼びになってくださいませ」

予鈴が鳴る二分前に魔法練習室を出ると、

「オーレリア？」

なぜかシリルの声が聞こえた。学院長とシリルが、廊下の先に立っている。

――シリル、まだいたの？

「これはこれは、我が婚約者どのがなぜブラッドといるのです？　こんな場所でふたりきり、部屋にこもっていたわけではありませんよね？　詳細な了見をお聞かせ願いたいですが？　事と次第によっては、どうなるかおわかりですね、オーレリア？」

口調こそいつもどおりに聞こえるし、にっこり優しい笑顔だが、完全にキレているのが疑問形だらけの語尾から伝わってくる。

——あー、これは厄介な感じが……する……

「俺は今まで兄上の婚約者に対し誤解がありました。だから謝罪をさせていただいたのです」

なんと答えるか考えていると、先にブラッドが敬礼ポーズで報告をした。

「なるほど、続けてください？」

わかっていない。わかっていない、ブラッドは。

シリルが求めているのは、その会話をふたりきりでする必要があったのかという理由だ。

ひいては、人気（ひとけ）の少ない場所を選んだことへの非難なのであって、説明がほしいわけではないのである。

——ものすごく直球のときと、曲がりまくる変化球のときの差が大きいんだよ、シリル……

「つまり、今後はオーレリアを義姉上と呼ぶことで合意を得ました。どうぞご安心ください」

——合意は得てない……！

シリルは何も言わず、穏やかに微笑んでいる。表面上の話である。

「オーレリア」

「はい」

「弟と仲良くしてくださり、ありがとうございます」

終わった、とオーレリアは目を細めた。

言い訳が通用しなそうな香りがぷんぷんしている。

被虐性も若干持ち合わせているドヘンタイ王子のシリルだが、そこにほかの男が絡んでくるのは一切許す気配がない。

「のちほど、じっくりと話しましょう。じっくりと、ね」

――寒気がするのはどうしてかな⁉

「ところで、兄上はなぜ研究棟にいらっしゃるのですか？　もしや、以前からおっしゃっていた学院での特別講義をご検討なのでしょうか？」

実兄の不穏な空気をものともせず、ブラッドは目を輝かせていた。

この俺様王子が、シリルになついていることだけはよくわかる。

「ええ、一応その検討もしています。今日は、院長先生と学院の施設改修について話していたのですよ」

「そうだったのですね。さすがは兄上。学院生のための施設についてまで考えてくださっているとは――」

一八〇センチを超える長身の美形兄弟ふたりの会話は、違う局面ならば微笑ましいものなのかもしれない。

——このあとのわたしの運命や、いかに……

§　§　§

オーレリアの悪い予感は、的中する。

放課後に校門を出ると、馬車から降りたシリルが珍しく外出先だというのに手袋をはずして立っていた。

「今日も勉学、お疲れさまでした」

「ありがとうございます、殿下」

下校中の生徒たちの目があるため、いつも馬車に乗る前のふたりはよそよそしい。

「お手をどうぞ」

差し出された彼の手に、自分の手を重ねたとたん、くらりと世界が歪む。

——え……？　これって、まさか……

「ああ、オーレリア、どうされたのですか？　もしや持病の貧血でしょうか。私がついていますので、何も心配はいりませんよ」

大仰な芝居で、シリルがオーレリアの体を抱き上げた。

いつから自分は貧血を持病とするようになったのだろう。

「シ……リル……」

――あなた、魔力吸収をしたわね⁉

しかも、わざわざ直接触れることで能力を最大限に活用したのだと、オーレリアにはすぐにわかった。

わかっているからといって、逃れられるわけではない。

「さあ、離宮へ帰りましょう。朝まで全力で看病させていただきますからね――」

ふたりを見守る学院生たちが、シリルのスパダリっぷりに感心していることは火を見るよりも明らかだ。

いつだって、彼は麗しい笑みで人々の尊敬を一身に集めている。

だが、実際は天使のような微笑みの悪魔だ。鬼畜だ。ヤンデレだ。

――なのに、こんな男に心動かされているなんて、わたしのほうがどうかしてる。

横抱きされたまま、馬車の座席でオーレリアは目を閉じた。

魔力は生命力である。その魔力を限界まで吸収されたせいで、頭に血が回らない感覚を味わう。

貧血とは言い得て妙で、脳貧血に近い体感だった。

「てぶくろ、はずしてまで……」

「はい。あなたの魔力を堪能させていただきました。オーレリア、愛するあなたにこの気持ちをわかっていただくためには、こうするよりなかったのです。どうぞお許しください」

「……ばか、ね」

ほんとうに、こうするよりなかったと思っているのならシリルはオーレリアが思うよりも人の気持ちがわからないのだろう。

――もちろん、わたしだってわからない。自分の気持ちさえ、わかってない。

それでも、無茶な魔力吸収をする彼を憎めないのだ。

離宮で彼がしようとしている展開に想像がついていてなお、心のどこかに期待の花が咲いている。

結局、割れ鍋に綴じ蓋のふたりなのかもしれない。

それもいい。

それが、いい。

――逆らわないから、魔力は少し戻してほしいんだけど……

馬車はゴトゴトと車輪の音を響かせて離宮へ向かう。

空には冬雲が流れ、オーレリアは婚約者の膝の上でゆっくりと意識を手放していった。

§ § §

「ん……む……」

何か、とてもおいしいものを飲んでいる。

喉を鳴らして､吸い付いて､口に広がる甘い味を堪能する余裕もなく飲み込まずにはいられない。

――もっと、もっとちょうだい……

「ふふ、そんなにおいしいのですか？」

彼の声に頷いて、オーレリアは自分から顔を近づけた。

飲むほどに体の中がじゅわりと温かくなる。自分は今、寒いのだろうか。

「ん、く……」

「魔力を奪われたあなたが、回復のために自分から私の舌を吸うだなんて嬉しい誤算です。どうぞ、オーレリア、もっと私をしゃぶってください」

「んん、ん……」

舌を吸う？

――どうしてわたし、そんなことをするの⁉

目を開くと、黒髪が視界に影を落としている。

「な……っ、どういうこと、シリル……っ」

血の気を失って青白い肌が、かすかに赤らんだ。それをじっと見つめるシリルは、唇に艶冶な笑みを浮かべていた。

――そうだ。わたし、シリルに魔力を吸収されて……

馬車の中で気を失ってからあとのことは、何も覚えていない。その間に何をされたのかもわからない。

ハッとして自分がどこにいるのかを確認しようと、体を捩った。

「っっ……!?」

両手が頭上に固定されて動かない。

――ここは、離宮の……？　シリルの部屋でも、わたしに準備された部屋でもない。知らない部屋だ。

見上げた天井には天蓋布すらなく、背をあずけたベッドは妙に硬く冷たかった。ひんやりと感じるのは、オーレリアが衣服を纏っていないせいもある。

カーテンもない、簡素な窓。

その先に見える景色は、離宮から見たものと同じだ。やはりここはシリルの暮らす離宮に違いない。

ただし、まるで使用人の部屋のようだった。少なくとも、王子が寝るためのベッドではないし、王子が暮らすための部屋でもない。

「当惑していらっしゃいますね。いつもあなたを案内する豊かな部屋とは違うでしょう。普段の部屋では、あなたを束縛する魔法装置を設置しにくいからですよ？」

「まほう、そうち……？」

ベッドのヘッドボードに目をやれば、そこから蔦状の植物が生えている。蔓がオーレリアの両手首に絡みつき、動きを制限しているのだ。

たしかに、これは魔法の装置に該当する何かなのだろう。学院生のオーレリアには計り知れない、高等魔法か、特殊魔法か。

「その植物は、私とつながっています。魔力喰いの私につながっているということは、魔力庫のオーレリアでも敵わない魔力量だという意味です。無駄な抵抗はなさらないほうが――」

「どうして、こんなこと」

逆らえなくするためにオーレリアの体から魔力を抜き取り、さらに魔法で束縛した上、裸に剥いて、くちづけを与える。

「私の体液からは、魔力を享受できます。涙であろうと唾液であろうと、精液であろうと」

「あ……！」

口の中に、ひどく甘露な何かを飲み込んでいた感覚がよみがえった。

「おわかりですね。あなたは魔力不足を補おうと、私の舌に吸い付いていたのです。なんてかわいらしいのでしょうね、オーレリア」

昂ぶる心を隠しもせず、シリルは快感にむせぶ声音で告げる。

ひどいマッチポンプだ。彼は魔力を奪っておいて、魔力を与えていた。そして、シリルの魔力を欲してあえぐオーレリアを愉（たの）しんでいたのだ。

悔しいともひどいとも思う。けれど、そんなことよりも今ほしいのは彼のキスだけ。

「……もっと、」

「なんですか？　もう一度はっきりとおっしゃってください」

オーレリアのほしいものなど、彼はとうに予見している。

羞恥に染まる顔を見るため、何度でも言わせるつもりなのだと知っていて、なおオーレリアは渇きから逃れられない。

ほしい。

彼がほしくて、気が狂いそうになる。

「もっと飲ませて、お願い」

「ええ、喜んで」

全裸のオーレリアとは対称的に、学院前で会ったときと同じ服装のまま、中着のボタンひとつはずしていないシリルが唇を重ねてくる。

艶（つや）やかな黒髪がひたいにかかり、くすぐったい。

——ああ、これ。これがほしかったの。

自分から口を開けて、オーレリアは差し込まれた舌をねっとりと吸い上げる。

今まで魔力の味なんて考えたことがなかった。それは自分が魔力吸収の能力を持っていないから、ごく当たり前の感覚だ。

「ん……、シリル、これが……」

――あなたの魔力の味なの？

魔力の飢餓状態に陥り、味覚までもが異常になってしまったのか。以前、キスしたときには感じなかった味わいを知る。

シリルの舌を舐め回し、夢中になって唾液を飲み干す。この世のものとは思えない美味を覚えながら、オーレリアは裸の体を彼にすり寄せていた。

「は、ん……っ」

頭の芯がぼやけている。それなのに、どこかがひどく冴えていて、意識は酩酊していながら体が欲望にわななく。

「自分から体をこすりつけてくださるのですね。快楽に陶酔するあなたが、私を求めて胸の先を凝らせている姿は腰にきます。ふふ、今にも達してしまいそうなほどに」

オーレリアの太腿に、布越しでもわかるほど熱り立つものがぐいと押しつけられた。彼は衣服の一枚も脱がぬまま、オーレリアのキスで張り詰めている。

――嬉しいなんて、思いたくない。だけど……やっぱり嬉しい。わたし、どうしてしまったんだろう。

これもまた、彼の魔法のせいならばよかった。お仕置きじみた行為に腰を揺らし、心を揺らしている自分を認めたくない。

「わたし……は……」

脳まで冒す快楽を振り切って、オーレリアは顔を背けた。

「オーレリア?」

「わたしは、ブラッドに心移りなんてしてないわ」

キスで魔力を取り戻したから、だいぶ体に力が入るようになっている。はっきりと宣言すると、シリルがさも当然と言いたげに「存じています」と即答した。

「だ、だったら、どうしてこんなことするの?」

「私の愛する方は、賢く優しく美しく、そして少々迂闊なところのある人なのですよ」

甘すぎる微笑みは、時として毒にもなりうる。今、オーレリアを見下ろす男は極上の蜜をしたたらせそうな笑顔で、それを体現していた。

「ですので、きちんと教えてさしあげようと思ったのですが……」

長い指が、脚の間につうとすべり込んでくる。

「っあ、あ!」

人差し指が蜜をすくい、水音を立てて花芽の周囲を弄りはじめた。

「シ、リル……っ」

「結局、あなたを前にすると愛したい一心しかなくなってしまうのです」

もどかしさに火がつく。

あと少しでほしいところに届きそうな指が、中心を避けて円周をゆっくりなぞってばかりいるのだ。

自分から指を追いかけようと腰をずらせば、シリルはすっと指を引く。

——ウソ、待って、やだ。

焦らされた体をさらに煽る素振りで、シリルが胸元に吐息を落とす。

ふう、とやわらかな刺激さえ、今のオーレリアには熱を募らせるばかりだ。

「ひ、ぁッ……！」

ヒリ、と体の奥に痛痒（つうよう）が走る。何かを食いしめるように収斂する隘路のつきあたりが、ひどく疼いていた。

蜜でぬかるんだ亀裂を、シリルは指で弄（もてあそ）んでいる。そのたび、にちゅ、くちゅり、とあられもない音が鼓膜を濡らした。

「や……っ……」

「かわいいオーレリア、拘束されてなおこんなにも魅惑的に私を誘うのですね？」

「っっ……！」

背骨がゾクリとする。全身が敏感になっているのに、これ以上の情欲を重ねられては耐えられない。

「あ、気持ち、ぃ……！」

「私もですよ。あなたに触れているだけで、幸福で目が眩みます」

オーレリア、と。もう一度、名前を呼んで。

胸元にキスが落ちる。

「ぁ、あっ、ぁあぁ……」

左胸の屹立した部分、触れるだけのキスをされた。

それだけなのに、膝をぎゅっと閉じ合わせ、軽い絶頂に喘いでしまう。

――これだけでイッちゃうなんて、恥ずかしい。

きゅんと狭まった隘路が、襞にたっぷりたまっていた蜜をあふれさせる。臀部(でんぶ)を伝う透明な雫は、白いシーツに染みを作った。

「もっと、とおねだりしているような乳首ですよ。ちゃんとご自分の目で確認してあげてください」

「……っ、そんな、こと」

「ここですよ？」

頑(かたく)なに目をそらしていると、シリルは両手で胸の裾野を持ち上げて、人差し指を乳暈の中心に埋めるように押しつぶしてきた。

「ぃ……っ、や、あ、あっ、指、やだ、あッ」

充血して凝(しこ)る乳首が、やわらかな乳房に押し戻される。

「もう感じてるからっ、押し込まないで、ほじらないでぇ……！」

「ふふ、ずいぶんいやらしいことをおっしゃるのですね。こんなにぷっくり乳首を膨れさせて、あなたの体が私に慣れてきた証拠だと思うと愛しくてたまりません」

つんと上を向く先端を指で優しくあやしながら、シリルは左右交互に舌で舐る。

花芽のときとは違い、今度は焦らされることはなかった。

狂おしいほどの悦びに、絡みつく舌の熱さに、そしてオーレリアを見つめる恍惚とした瞳に、息が上がるのを止められない。

「ぁ、はっ……、ぁ、う……」

両手が胸元を弄っているため、下半身がもどかしさを増す。

――さわってくれないの？

膝をすり合わせ、腰をくねらせる。凝る快楽は、体の奥深くに沈殿していて、自分では逃がせないままだ。

とろんと濡れたまなざしで、天井を見るともなしに見上げる。

手を束縛されていて、よかった。そうでなければ、彼の前だというのにはしたなく自分で触れてしまったかもしれない。

――さわって、シリル、お願い。

まだ快楽に慣れきっていない心は、体の欲求を言葉にするのを躊躇っている。

「あなたはこんなに感じやすいのに、強情ですね」

「何、を……んんっ」

唇を食べられてしまうのではないかと思う、獣のキスで舌をねじ込まれた。

反射的に逃げかけた舌が、その甘さを思い出してすぐにシリルに応じる。互いの舌と舌を絡ませ、ふたり分の唾液をこくんと飲み込んだ。

――まだ、わたしの体は魔力を求めてる。シリルの魔力を、いっぱいほしがってる。

キスに夢中になっているうちに、突然、足先が階段を踏み外したような落下感に襲われた。

「っっ……!?」

違う。落下ではなく、これは――

「あ、ああ、ゃ……っ……、シリル、っ……」

びく、びくっと全身が痙攣する。

「淫紋があるのを忘れてキスに没頭してしまいました。舌で触れてしまいましたか?」

小首をかしげる美しい黒髪の男は、間違いなく故意的に淫紋に舌を伸ばした。

彼の表情からも、それが透けて見えている。

「う、っ……、ぁ、ああ、やだ、やだ……」

形良い乳房を震わせ、オーレリアは湧き上がる衝動に目を閉じた。

「ほんとうに、お嫌なのですね?」

頸動脈(けいどうみゃく)に軽く歯を立て、シリルがかすれた声で問いかけてくる。

同時に、彼はオーレリアの脚を大きく割り開いた。

「あっ……あ、えっ……⁉」

くつろげたトラウザーズから、先端をぬめらせた雄槍がそそり立つ。

シリルの切っ先が、蜜口にあてがわれた。彼は根元を右手で握り、亀裂を縦に、にゅる、にゅくっ、とこすりつけてきた。

「嫌なのですね？　では、ここで終わりにしたほうがよろしいということでしょうか？」

「は……っ、ぁ、ああ、違う、うっ、でも、あ……」

くぱ、と開いた蜜口に、彼の先端がほんの二センチ、めり込んだ。

――入る、入っちゃう。ううん、ほしい、全部埋めて、わたしの中をいっぱいにして。

「違うのですね。では仕方ありません」

いつも執拗(しつよう)なシリルが、すっと腰を退いた。

「え……？　どうして……？」

「愛する人に嫌われるのは、私とて本望ではないのです。それに、オーレリアが違うとおっしゃるのですから、無理矢理にねじ込んで、あなたの中をわたしの形にして、さんざん犯して、突き上げて泣かせるのもいけないことですよね？」

卑猥(ひわい)な言葉をあえて選んでおいて、彼は困り顔を向けてくる。

――そうして、ほしいのに。

「ねえ、オーレリア？」

「……っ、わ、たしは……」

「私に抱かれたいのですか？」

「っっ………、……し、て……」

「何をです？」

涙目で、彼を睨みつける。恥ずかしくてたまらないのに、挿れてもらわなければおさまらない自分の体が悔しかった。

「そんな目をしても駄目ですよ。私に抱かれたいのなら、ちゃんとおっしゃってください」

「だ、から……してって、お願いしてるのに……」

「もっとちゃんと、言葉にしてくださらないとわかりません。そうですね、たとえば『好きだから挿れてください』ですとか『愛してるからイカせてください』ですとか」

「なっ……、なんで、そんな……」

くりゅ、とシリルが花芽に先端をこすりつけてきた。

「ひぁッ……！」

一瞬の刺激だけを残して、彼はすぐに腰を引いてしまう。もどかしさが募り、オーレリアは子どものようにイヤイヤと首を横に振った。金の髪がシーツの上で波を打つ。

――ほしい。おかしくなりそうなほど、シリルがほしい。

「……っ、き、だから……」

「聞こえませんよ?」

「好きだから、っ……挿、れてぇ……! イカせて、愛して、初めてのときみたいに……わたしを……」

ずにゅ、ずぷう、と蜜口が亀頭を咥え込んだ。

そのままふたりの腰が、どん、と密着する。

「奥っ……まで……」

ひと突きで最奥にシリルが埋め込まれた。せつなく震える粘膜が、彼の楔を健気に締めつける。

「イッ、く……、イク、あ、あっ、イッ……」

長い睫毛から、涙の粒がこまかに飛び散った。

つながっただけで達するほどに、オーレリアはシリルの熱を求めていたのだ。

くた、とつま先がシーツに落ちる。

太腿を抱え込まれたままの体に、さらなる衝動が襲いかかった。

「ひァっ……、ぁ、あっ」

達して、満たされた。それはオーレリアの側だけだ。

シリルはベッドに膝立ちになり、強く腰を打ちつけてくる。蜜を撹拌する雄槍が、膣内でうねりながら何度も何度も奥を抉った。

「やぁッ、イッたから、待って、待ってぇ……」

「駄目ですよ、オーレリア。『もっとイカせてください』と言わなくては」

「もお、イッたの、イッてるのっ」

「では、もっともっとイッてくださいね」

「急に……っ、激し……ッの、あ、あっ、ダメぇぇ……」

ばちゅ、ばちゅん、と漲る劣情が隘路を絶え間なく抽挿する。

咥え込んでいるのはオーレリアのほうなのに、膣内を貪られている気がした。彼に食べられている。魔力だけではなく、快楽までもシリルに喰われてしまう。

「んんッ、ひ、ぅ……ッ、ああ、あ、やだ、またイク、イッ……」

夥しく濡れた蜜口は、雄槍をねじ込まれるたびにプシャ、と飛沫を散らした。はしたなく口を開けて、涙に濡れた頬を赤らめたまま、オーレリアは二度、三度と達しながら果てを迎える。

「こんなにイキやすいのは、もうあなたの中が私専用に作り変えられてしまったからかもしれませんよ」

「そ……っんな、の、あ、あっ、や……ッ」

「オーレリアのお口は嫌だとおっしゃるのに、こちらは自分から私を迎えにくるほど感じていらっしゃるようですね」

浅瀬ぎりぎりまで太幹を抜き取られ、亀頭の段差が蜜口に引っかかった。

「あ、ぅ……ッ」

「ほら、あなたのほうから迎え腰をしていらっしゃるんです。私の子種を欲してくださるのが、愛しいですよ」

彼の言うとおり、オーレリアは腰を浮かせてシリルを迎え入れようとしていた。もっと深く、もっと奥へ、亀頭を招き入れる。

――中、ヒリヒリする。こすられると気持ちよくて、何も考えられなくなる。

「や、あ、あっ、……んんっん！」

蔦状の植物に腕を束縛されながら、オーレリアの体が裏返された。膣内で雄槍が三六〇度回転し、反り返る亀頭が子宮口に突き立った。

「ひ、ああッ」

「さあ、今度は違う角度から感じてみましょうね」

「手首……っ、はずして、とって……」

「駄目ですよ。あなたが私から逃げられないと、しっかり覚えてもらいます」

シリルの腕が、下腹部を強く抱きしめる。大きな手が、深く埋め込まれた部分を肌の上からぐっと押し込んできた。

「！　ぁ、あ、やだ、それやだ！」

「ふふ、あなたの嫌は感じるという意味だとわかってしまいました。中と外の両方から感じさせてあげましょうね」

「っっ……！　奥、ダメ、ダメぇ……！」

――うしろからだと、当たる角度が違って……！

淫らな律動が、脳天までオーレリアを貫く。陰茎はドクドクと脈打ち、痛いくらいに硬くなっていた。

「ダメなの、硬い、大きいっ……」

「褒めすぎですよ、オーレリア。そんなに悦ばれては、すぐに射精してしまいます」

「やだ、しゃせ、ぃ……ッ、ダメなの……！」

もう、あんな恥ずかしい避妊魔法は遠慮したい。

「気持ち……よくなっちゃう、中、ビュッてされると、あっ、ああッ」

「どうなってしまうのか、教えてください」

「奥、気持ちよくて、イッちゃうぅ……」

「いっぱいイキましょうね」

「や……お願い、お願いっ、好きだから、もぉ許して、好き、好きだからぁ」

「ええ、愛していますよ。あなたのためなら一晩中こうしていられるほどに、愛しているのです」

上も下も左も右も、わからなくなる。

狂うほどに犯されて、甘い絶頂に震えながら、オーレリアはただ激しいリズムでシリルを刻まれていた。窓の外が明るくなるまで、空が朝を迎えてもなお、彼の慾望は尽きるところを知らなかった――

§　§　§

明け方、目が覚めたオーレリアはシリルの姿がないことを寂しく思った。

――どこに行ったんだろう。

いつもの彼なら、オーレリアを放っておくことなど考えにくい。少々アレなところのある王子だが、彼が自分を想ってくれているのは事実だと感じる。

彼が着せてくれたらしいナイトドレスに、そばに置かれていたガウンを羽織って、オーレリアは廊下に出た。離宮は広く、ひとりであてもなく歩いたところで彼に出会えるとは思えない。それなのに、今はどうしてもシリルを探さなければいけない気がしていた。

「――で、これではとても北の森の魔獣には太刀打ちできない」

「そうだ。シリルですら無理だというのに、ほかの誰が倒せるんだ？」

こんな早朝に、何が起こっているのか。男たちの低い声が聞こえてくる。

――シリル……？

様子を窺うと、室内には魔法騎士たちが数名集まっていた。

「私なら平気です。魔獣を倒すのは魔法騎士の役目ですから」

「そうは言っても、魔力吸収が通じないんだぞ？」

「今のやり方では通じないというだけのこと。方法を考えていますのでご安心を」

「安心できるか！」

「なあ、シリル。きみにはいつも迷惑をかけている。今日だって、朝っぱらから離宮に来てこんな話では、気分を害するかもしれない。だが、きみの魔力吸収に頼らない方法を考えたほうがいい。婚約したばかりなのだろう？　きみに何かあっては――」

――魔力吸収が、使えない？

彼のもっとも優れた能力が使えないというのは、魔獣を倒す上でリスクが上がる。そのくらいはオーレリアにだってわかった。

「私の身に何かあったとしても、愛する人が生きていてくれるのなら幸せです」

――シリル……。

彼は、歌うような口調で言った。そこに偽りは感じない。

ただ、オーレリアを愛してくれている。そのために自分がどうなろうと構わないと、シリルは言っているのだ。

「彼女を守るためなら、なんだってできます。私は、ずっと彼女と出会うためだけに生きてきたのです」

「だったら、なおさら生き残る道を模索しないといけないな」

「ああ、そのとおりだ」

彼らが立ち上がる気配を感じて、オーレリアは急いで部屋に戻った。

――シリルが死ぬなんてイヤ。絶対にイヤ……！

§　§　§

衝撃的な魔獣討伐の状況を知ってしまってから一夜が明けた。

昼前の講義が終わるのを中庭のベンチで待っていると、移動教室から戻る一年生たちの声が聞こえてくる。

「えっ、そんなに大変なことになってるのか？」

「嘘でしょう？　北の街には親戚がいますのに……」

北の街で魔獣が暴れた事件の話のようだ。

――やっぱり、危険な魔獣なんだ。

カネナル世界。ここはゲームの世界。しかし、人々は生きている。生きているということは、痛みも悲しみも苦しみも感じてしまうのだ。

この先を知っていながら、手を出すことのできない自分の無力がずしりと胸にのしかかる。

「ついに魔獣討伐隊が組まれるって聞いたぞ」

「そういえば、学院内でも討伐隊の参加希望者を募るそうですわね」

——そろそろゲームも終盤に近い。そして、アンジェリカの恋の相手が討伐隊の陣頭指揮を執るはず。

おそらくブラッドだと予想しているが、できることならアンジェリカにもブラッドにも近づきたくない。少しのものでも死に至る可能性は排除しなくては。

とはいえ、シリルのチート級の能力を考えれば、彼が死ぬ未来は想像できない。むしろ、シリルで倒せない魔獣が存在した場合、最悪国が滅ぶ可能性のほうが高いのではないだろうか。

——ベンジャミンの鐘が鳴れば、ゲームは終わる。その先に、わたしは……

生き延びる以外、目的を見出していなかった。死んでしまえばすべてが終わり。生きていれば、それからあらためてこの世界での自分の人生を考えればいい。そう思っていたけれど。

——まず魔法学院を卒業する。それからシリルと正式に結婚？　もしかしたら子どもが生まれて、家族が増えて、離宮の女主人として生きていくのかな。

「……リアさま、あの」

そしていつか、最期のときにはシリルに手を握られて——

「あの……、オーレリアさまっ！」

「は、はいっ！」

妄想に耽っていたオーレリアは、ベンチの上で跳ね上がりそうになる。実際にそうならなかったのは、ひとえに昨晩の絶倫ドヘンタイシリルのせいで腰に力が入らないためだった。

――え、アンジェリカ？

ベンチの前に立っているのは、カネナルの主人公アンジェリカ・ハーリー。

しばらく会わないうちに、彼女の頬はげっそり痩けている。

「どうなさったの、アンジェリカ。顔色がよろしくなくてよ」

「た、助けてください、オーレリアさま……」

冬の陽射しに照らされて、アンジェリカのやわらかなミルクティーベージュの髪がそよぐ。

制服姿の彼女は、涙目でオーレリアを見つめてきた。両手を胸の前で組んでいる。助けを求める相手が彼女でなければ即答できるのだが、今この段階でアンジェリカにかかわって大丈夫なのだろうか。

「わたし、オーレリアさまに折り入ってご相談があるんです。お忙しいところをたいへん申し訳ありません。少しでいいので、お時間を作ってはいただけませんか？」

――やめてー、わたしの死亡確率を上げないで！

とは、どうしても言えない。

彼女が思い詰めているのは、表情からも伝わってくる。

昼休みになって、生徒たちがお弁当を食べるために中庭に出てきた。ふたりの会話を聞いた女子生徒たちが、ちらちらと盗み見している。

「まあ、ずうずうしい。これだから庶民は」

「あの一年生、ブラッド殿下に気に入られているから調子に乗っているんじゃゃなくて？」

――うん、ここで断っても悪役令嬢ムーブになるのね。

ふと、オーレリアは首を傾げた。

それというのも、本来ゲームのエンディングが近いこの時期ならば、アンジェリカの周囲には理解者が増えているはずだ。

悪役令嬢オーレリアにいじめられる彼女を見て、クラスメイトたちが声をかけてくれる。それをきっかけに仲良くなっていく。

――つまり、わたしがアンジェリカに嫌がらせをしなかったから、彼女はほかの人たちと親しくなるきっかけを得られなかった？

たったひとつのボタンの掛け違いが、未来を変えてしまう。彼女の現在の窮地がオーレリアの安寧のせいだとするなら、アンジェリカの相談に乗れるのは自分しかいない。

「わかりましたわ、アンジェリカ。わたくしでよければお話を聞かせてください。あなたのお役に立てればいいのですが」

「オーレリアさま……！」

ベンチから立ち上がったオーレリアの手を、アンジェリカがひしと握ってきた。

──でもこれが理由でわたしが魔獣ともども討伐される羽目になったら……

いつだって飄々と余裕に満ちた彼が、悲しむ姿は想像ができない。

できないのに、考えただけで胸がズキ、と痛む。悲嘆するシリルなんて見たくない。いつもどおりに好き放題で元気なドヘンタイでいてほしい。いや、ドヘンタイでなくてもいいから、とにかく彼には幸せでいてほしかった。

「まあ、さすがオーレリアさまね」

「庶民の子にも、あんなに親身になってさしあげるだなんて！　ほんとうにお優しい方だわ」

自分の命ばかりを優先してきたオーレリアが、優しいなんて嗤わせる。

悪役令嬢扱いされないように、シリルと婚約しようとした。

そして今。

いつの間にか彼の気持ちが甘い毒のように体中に回ってしまった。

──わたしも、シリルのことが好きなんだもの。

こんな結末を、誰が予想しただろう。

悪役令嬢オーレリア・ローウェルは、恋をしている。

中庭の隅にある温室近くにアンジェリカを誘った。

「オーレリアさまぁ……！」

いきなりアンジェリカに抱きつかれ、その場に転倒しそうになるのをかろうじてこらえる。彼女は、オーレリアに抱きついてしゃくり上げていた。

「何があったのか、話してくださる？」

「はい、実は……ブラッド殿下が、魔獣討伐隊に参加するって言うんです。わたし、心配で心配で……」

「……それは心配ですわね」

「どうしたらいいのでしょう？　殿下の身に何かあったら、皆が悲しみます」

ゲームシナリオ的にいうなら、主人公（アンジェリカ）の恋愛の相手が魔獣討伐隊に参加するのは、ストーリー上必要な展開だ。ふたりの恋のクライマックス。そして、本来ならば命を落とす悪役令嬢。

「でも、ブラッド殿下は、愛する人を守るために魔獣を討伐しようとしているのではなくて？」

「え……？」

涙目でオーレリアを見上げ、アンジェリカが息を呑む。

ほのかに頬を染めた彼女は愛らしい。きっとブラッドも、アンジェリカのこういう素直なところを愛しく思っているのだろう。

「殿下の愛する方。アンジェリカ、あなたなのでしょう？」

「ど、どうしてそれをご存知なのですか……!」

明るく健気で、庶民出身だからこそお高くとまらないアンジェリカ・ハーリー。

カネナルは、彼女の恋の物語なのだ。アンジェリカの恋が成就しないとハッピーエンドは訪れない。

「あなたたちを見ていればお見通しよ。ふたりの幸せを、わたくしもいつだって願っているわ」

心からの言葉に、アンジェリカがふわりと微笑む。

「オーレリアさまにとってもブラッド殿下はいずれ義弟となるのですものね」

「え、ええ、そうね」

このまま婚約が継続されて、魔獣が討伐されて、ベンジャミンの鐘が鳴ったら。

——わたしは、シリルといずれ結婚する。そんな未来を、夢見てもいいんだ。

彼のことだから、この先もいろいろと厄介なことはあると思う。愛が重すぎて、面倒な王子さま。けれど、オーレリアはシリルを好きだと自覚してしまった。

もう、逃げられない。逃げる気もない。

「ですが、オーレリアさまは不安ではないのでしょうか……」

「それは……」

「ブラッド殿下が参加される理由のひとつとして、陣頭指揮をシリル殿下がお取りになるから、ご協力したいのだと聞いています」

——なんでシリルが？　あれは、攻略対象が担う役割じゃないの？

血の気が引く。

彼が死んだら、と考えたとたん、胸がぎゅっと締めつけられる。

絶対にないと言い切れたら、どんなによかっただろう。しかし、この世界にもやはり絶対は、絶対に存在しないのだ。

「シリル殿下、が……」

「オーレリアさま⁉」

魔力不足でも貧血でもなく、オーレリアは立っていられずにその場に崩折れた。

——そんなの嫌だ。わたしは、シリルに生きていてほしい。

オーレリアが悪役令嬢の座を降りたことで、影響範囲は多岐に亘る。それがシリルの命にかかわるだなんて、想像もしていなかった。

「オーレリアさま、しっかりしてください。誰か、誰かっ」

草の上に倒れ込んだオーレリアの肩を抱き、アンジェリカが人を呼ぶ。

——わたしはただ、好きになっただけなのに。

ただ、恋をしただけなのに。

あなたに、恋を。

§　§　§

シリル・ケイルズフィア・デュカウルは、王立魔法騎士団の会議の席につきながら、静かに苛立っている。ただし、苛立ちの原因は、団にも会議にも、魔獣にもない。

「——以上の調査結果により、討伐対象の魔獣は魔力の無効化能力を持っていると判断できます。これまでの被害、ならびに討伐失敗の経験から、本件では魔法による討伐ではなく物理攻撃が有効という結論が出ました」

北の森に現れた魔獣に魔法騎士団が手こずっていたのは、魔力の無効化能力のせいだと判明した。これは、シリルの魔力吸収をもってしても対策しにくい相手だ。

四本脚の魔獣は、基本的に猪突猛進型が多いとされている。そもそも魔獣はあくまで魔力を持つ獣なので、魔法を使いこなせるわけではない。魔法と剣を駆使する魔法騎士たちからすれば、本来はさして強敵でないのも道理だった。

「魔力の無効化、か」

椅子が小さく見える巨体の団長が、指で無精髭を撫でながらつぶやく。

シリルが入団する以前と以降では、魔獣討伐の戦略が大きく変わった。

何しろ、視界に入るものすべての魔力を吸収できるというチート能力である。どんなに強大な魔力を持つ魔獣であっても、シリルの前ではただの獣、いや、それ以下だ。

魔力は生命力。つまり、魔獣の生命力を触れることなく奪い取り、ぐったりしたところを剣による攻撃で倒せばよかったのだが、今回はそう簡単にはいかない。

それどころか魔法が通じないとなっては、魔法騎士団がただの騎士団になってしまう。

「シリル、何か対策はありそうか？」

「対策と言われましても、私は魔力吸収しか能のない者ですからね」

「ああ、おまえさんは冗談の才能がないんだったな」

団長の軽口に、会議に集まった面々がゲラゲラと笑う。

魔獣の件で深刻になっていても、基本的に魔法騎士団の皆は冗談好きな脳筋が多い。よくいえば、困難な局面でも前向きに対処できる者たちばかりだ。

——ほんとうに、ここは変わらない。

シリルは魔法学院を卒業してすぐ、魔法騎士団に入団した。当時、まだ十五歳だった。

屈強な魔法騎士たちの集まる団で、少年だったシリルは先輩たちからたいそうかわいがられたものだ。それについては、二十二歳になった今も同じである。

「冗談は言えなくても婚約はできるんだもんなあ」

「お、そういえばシリルの婚約パーティーはいつやるんだ？」

冗談だけではなく酒も大好きな騎士たちが、やんやと騒ぎ立てる。

「先輩がた、今はまず魔獣の討伐について検討しなくてはなりませんよ」

「出た。こいつは昔っから生真面目なんだよ」

「その分、俺たちがふざけていればバランスがいいってことだろ」

まったく、デュカウル王国が誇る魔法騎士たちは宴会を愛しすぎている。

現場に出ていないときは、酒場のゴロツキと区別がつかないくせに、いざ仕事となれば国を守るため命を捨てることも厭(いと)わない勇猛果敢な男たち。魔法騎士は少年の憧れの職業だ。

――そういうところも私は好きですけれどね。

ふう、と短く息を吐き、シリルは首の筋を伸ばしてから立ち上がる。

酒好きの先輩たちにうまい酒を呑ませてやるためにも、魔力の無効化に対する策を提案せねばならないだろう。

最近は、避妊魔法と催淫魔法の研究にばかり精を出しているけれど、シリルが団随一の魔法使いであることには変わらない。

そして何より、魔獣討伐が終わらなくてはオーレリアとゆっくり過ごす時間もとれないことをシリルはよく知っていた。

苛立ちは、そのせいである。

数日前、オーレリアに無理をさせすぎた結果、彼女は熱を出して寝込んでしまった。やりすぎた反省はしている。

――治癒魔法が使えたら、すぐにオーレリアを癒やすことができた。

魔力吸収しか能がないというのは、決して自分を卑下して言ったわけではない。今のシリルに必要な魔法は、治癒なのだ。それを使えない自分が、不甲斐(ふがい)なくてたまらなかった。

「で、どうする？　指揮担当のシリル」

「そうですね。魔力の無効化ということは、直接触れて無効化している魔力を吸収することも可能かもしれません」

シリルの魔力吸収において、相手との距離は能力の強さと比例している。

魔具を通じた遠隔吸収よりも、目視しながらの吸収がより多くの魔力を奪える。そして目視より接触吸収のほうがさらに根こそぎ魔力を奪うのが容易になる。

「魔獣に素手でさわるって……？」

「いや、シリルならばそのくらい余裕だろ。な？」

――別に魔獣をさわりたいわけじゃないんですけれどね。

今回は、さすがにそうでもしないと魔力の無効化を破れない可能性が高い。

「過去の実験で確認している限り、魔力壁は直接触れることでたいてい吸収できることがわかっています。魔獣に接触が可能となるよう、相手を足止めする方法をご検討いただきたいのですが、いかがでしょう、団長」

「そうなあ。それ、対人でしか実験してないだろ。ほんとうにいけるのか？」

これまで、魔力無効化のできる魔獣など存在しなかった。ベンジャミンの鐘が前回鳴ってから九十九年。デュカウル王国の魔獣祓いも弱まってきている。

「ぶっつけ本番ということで。ほかに有効な方法も見つかっていませんからね」

ざわ、と周囲の空気が変わった。

皆、わかっているのだ。今はこの国でもっとも魔獣が襲来する時期であり、ベンジャミンの鐘が鳴るまでそれは終わらない。

「だからって、婚約したばかりのシリルに何かあったらどうするんだよ」

ひとりが口を開くと、そうだそうだと声が続いた。

「それを言い出せば、どなたも同じことです。誰もが誰かの大切な人なのですから、ここで私が逃げるわけにはまいりません」

この国を、国民を、仲間を、そして愛する者を守るために王立魔法騎士団の団員たちは戦ってきた。

王位継承権を返上し、魔法騎士として生きる覚悟をしているシリルだって同じだ。

「ま、シリルが無茶しすぎないようにサポートしてやるとするか」

団長の言葉に、ベテラン騎士たちが頷く。

「おまえを婚約者のお嬢さんのところに無事返してやるのが、俺たちの仕事だからな」

「ええ、信じていますよ、団長」

あの魔獣を討伐するまでは、オーレリアとゆっくり愛し合う時間も作れない。

――待っていてくださいね、私のかわいいオーレリア。

§　§　§

学院で倒れたオーレリアは、今日もひとりベッドで天蓋布を見上げている。住み慣れた実家ではなく、離宮で療養するのはなんだか心許（こころもと）ない。

――ひとりぼっちで離宮にいた十歳のシリルは、きっと今のわたしよりももっと寂しかったんだろうな。

熱で体も心も弱っていると、人は感傷的になる。想像しただけで幼いシリルの孤独が、オーレリアを涙ぐませた。

どうして彼を好きになってしまったのだろう。

もしも自分がシリルと婚約しなければ――いや、いっそあのバルコニーで彼と出会っていなければ、シリルは魔獣討伐隊の陣頭指揮など執（と）らずに済んだはずなのに。ほんとうならば、その役目はアンジェリカの恋の相手が担うものだった。

――わたしというバグが、この世界のシステムを狂わせている……？

考えたくはなかったけれど、世界の幸福の量は最初から決められているのかもしれない。だとしたら、自分が救われることで誰かが不幸になるのではないだろうか。そんな考えが、オーレリアを怯えさせる。

悪役令嬢でいることを回避できたのは嬉しい。反面、アンジェリカは今もまだ学院にとけこめない。彼女が周囲と打ち解けるには明確な悪役が必要だったということになる。

では、シリルは？

彼もまた、オーレリアの行動によって人生を左右されているのではないか。魔獣討伐隊の準備で忙しいシリルは、夜遅くに帰ってきて、オーレリアの看病をしてくれる。

「かわいそうに、オーレリア。どうかあなたの苦しみを私に与えてください。あなたの体の病魔なら、喜んでお引き受けいたします」

「……ダメ。シリルは、寝込んでいる場合じゃない、から」

いかに国いちばんの魔法騎士といえども、高熱で戦いに行って勝てるものではない。むしろ、万全の状態のシリルですらひとりでは倒せない魔獣だからこそ、討伐隊が組まれているのだ。

「では、どうすればよいのですか。あなたの苦しむ姿を見るのはつらすぎます。今すぐに治癒魔法の使える者を魔法騎士団から呼び寄せたいくらいです」

医師による診察は受けている。たちの悪い感冒だ。その程度でいちいち治癒魔法の使い手を呼びつけていては、魔法騎士団に申し訳ない。

「ふふ」

「なぜ笑うのです？」

「シリルでも、治癒魔法はできないんだなと思って……」

治癒、魔力吸収、精神関与は特殊魔法だ。使える者はとても少ない。

また、数少ない使い手たちも国によって管理されている。そうしないとさまざまな問題が起こることは、デュカウル王国の歴史が証明していた。

「……こんなときだというのに、あなたが笑ってくださって泣きたくなるほどに嬉しいだなんて、私は愚かな婚約者です」

不安げに、シリルがオーレリアの手を両手で握った。

――手が、震えている。

彼がほんとうに自分を想ってくれていることがわかる。心配してくれていることが伝わってくる。

シリルはいつも過剰だ。愛情も、性欲も、独占欲も。だが、それすらも彼なのだと今のオーレリアは素直に思えた。まるごと、素のままの自分を受け入れてくれるシリル。前世を思い出してから、公爵令嬢らしくない自分を誰にも見せずに生きていた。そんなオーレリアを、彼はすべて受け入れ、許容し、愛してくれた。

――魔獣討伐の前に、あなたに好きと言ってみるのもいいかもしれない。

§　§　§

「オーレリアさま、お加減はいかがですか？」

「これは見舞いだ。かわいいアンジェリカに会えて嬉しいだろう？」

やっと熱が下がってきたと思ったら、あまり嬉しくないふたりが見舞いのために離宮を訪れてくれた。いや、彼らが悪いわけではないし、オーレリアがふたりを嫌っているということでもない。

——ただ、このふたりにかかわると死亡エンドがね！　近づいてきそうでしょ！

アンジェリカとブラッドは、寄り添ってオーレリアのベッドの脇に立つ。

「おふたりとも、わざわざ足を運んでくださってありがとうございます。ですが、心配いただくほどの病気でもございませんので」

できれば早く帰って、とは言えないけれど。

ただの感冒にしては、平熱になるまで六日も寝込んでしまった。体力が落ちているのはいうまでもない。

「わたしが余計な相談なんてしたから、オーレリアさまの具合が悪くなったのではないかと心配で……！」

——ああ、そうだった。

ずいぶん前のことのように感じるけれど、あれはほんの六日前。

「あなたのせいではありませんわ」

アンジェリカを気遣っているわけではない。実際、オーレリアがショックを受けたのはシリルが魔獣討伐隊の陣頭指揮を執ることのほうだ。自分がこの世界で、元のシナリオに反する行動をとったから周囲の人々に影響が出ている。それは否定できない事実だった。

「では、兄上が魔獣討伐に行くことを憂えているのだな。その気持ちはわからなくもない」

「……ええ、まあ、そうですわね」

ブラッドは、なかなかのブラコンである。

「ブラッド殿下も、魔獣討伐隊に参加されると伺いましたわ」

アンジェリカが悩んでいたのは、そのことだ。恋する相手が危険な戦いに挑むとあっては、不安になるのも当然だろう。

「その予定だったのだが、な」

妙に歯切れの悪い返事で、ブラッドは隣のアンジェリカに目を向けた。

「シリル殿下が討伐に参加されるのに申し訳ないのですが、ブラッド殿下は行かないことになったんです」

「！　まあ、そうでしたの」

アンジェリカはブラッドとの恋愛ルートにいると思っていたのだが、それがそもそも間違いだったというのか。

「実はな、兄上に先んじるのは悩ましいのだが、アンジェリカと結婚することが決まった」

「はい。わたしたち、結婚します！」

さすがにこの超展開には、オーレリアも言葉を失った。

――待って！　まだベンジャミンの鐘は鳴ってない！　タイトル回収しないで、ハッピーエンドってこと⁉

「おふたりとも、おめでとうございます」

ずいぶん急な話だが、結婚するというのなら幸せになってほしい。繰り返すが、オーレリアは決してこのふたりが嫌いで避けていたわけではないのだ。悪役令嬢になりたくないからこそ、かかわりたくなかった。

「ブラッド殿下のご卒業を待ってご結婚される……ということでもないのですわね？」

魔獣討伐の参加を取りやめて、結婚する。今の説明からはそう聞こえた。だとすれば、来年六月の卒業式を待てない理由があるのかもしれない。

――……まさか。だってカネナルは全年齢向けのゲームなわけで。

脳裏によぎった可能性を、オーレリアは全力で否定する。

――って、わたしは完全に十八禁の世界にいるけど！

シリルとオーレリアは、あくまでゲームのシナリオ外の関係だ。ブラッドとアンジェリカとは状況が違う。

「わたしたち、赤ちゃんを授かったんです！」

「……そういう事情だ。ベンジャミンの鐘が鳴るのを待って、式を挙げることが決まった」

天真爛漫(てんしんらんまん)なアンジェリカと、テレ顔のブラッド。今、オーレリアには将来アンジェリカの尻に敷かれることになるブラッドの姿が見えていた。

「では、お祝いごとがふたつに増えるのですね。ベンジャミンの鐘が鳴るのが待ち遠しいですわ」

なんにせよ、彼らが幸せならばそれがいちばんだ。そして、アンジェリカがハッピーエンドにたどり着いたことで、オーレリアが死亡エンドを回避できたと判断——していいのだろうか。少々悩ましい。

ふたりが帰ったあと、ブラッドは避妊魔法が使えなかったのだな、と思った。あるいは、魔法は使えても使わなかった。そういう可能性もありうる。庶民ながら魔力を評価されて学院に入学してきたアンジェリカも、魔法を磨くより結婚して家庭を築くことを優先した。そういう未来もある。それもまた幸福な結末なのだから。

——シリルが結婚最優先じゃなかったのは、とりあえずわたしにとってはよかったと思っていい、のかな?

離宮に夜が近づいてくる。夕暮れが薄闇に閉ざされていくまでの時間を、オーレリアは窓際に立って過ごした。

窓の下に、シリルの乗った馬車が帰ってくるのを待っている。ブラッドの結婚は、シリルにとっても嬉しい話だろう。

――お祝いに何をあげるか相談してみよう。それから、タイミングを見計らってわたしの気持ちも。

体調を崩したことで心配をかけたに違いない。鬱陶しいほどそばにいたシリルが、今はやけに恋しく感じる。

好きだと自覚することで、いっそう想いは深まるのだろうか。それとも、もっと前から彼に惹かれていたのだろうか。

――わからない。ただ、今はシリルに会いたい。

けれど、シリルは朝になるまで帰ってこなかった。北の森ではなく、今度は王都の東に魔獣の群れが出て、明け方まで魔法騎士団は討伐に忙しかったらしい。

ベンジャミンの鐘が鳴るまで、あと少し。

魔物が襲来するこの時期は、百年に一度の王立騎士団の繁忙期なのだ。

§　§　§

「発熱もおさまったようですし、咳や喉の腫れもありません。ほかに気になる症状は？」

「何もございませんわ」

「では、奥さまはご快癒ということになります。また、何かありましたらいつでもお呼びください」

シリルが手配した医師の、最後の往診が終わった。これにて、オーレリア・ローウェル完全復活だ。

——奥さま、ですって。

心がむずむずする呼び方を、その日の午後は何度も反芻(はんすう)した。シリルに話したくなる。

けれど、シリルは魔法騎士団の仕事で多忙を極めているため、ふたりはここ数日ゆっくり話す時間もないままだ。当然、オーレリアは告白もできずにいる。見舞いに来てくれたとりまき女子たちの話によれば、魔法学院での特別講義も先延ばしになっているという。

魔獣討伐隊の出立の日は、もう目前に迫っていた。

「……その前に、伝えなくちゃ」

帰ってきてからでも、別に問題ないことはわかっている。

——相手はあの魔力喰いのシリルだもの。わたしが心配するようなことは、何もない。そう、何もないの。

自分に言い聞かせながら、お茶を運んできた侍女に今夜のシリルの予定を確認した。

「本日もお帰りは遅いと聞いております。おそらく、深夜になるのではないでしょうか」

「そう。そうよね。ベンジャミンの鐘が鳴るまで、あと少しなんですものね」

そして九十九年の平和がデュカウル王国に訪れる。

——たぶん、これがふたりで聞く最初で最後のベンジャミンの鐘になるんだ。

その夜、侍女たちが部屋から下がったあと、オーレリアはナイトドレスにガウンを羽織り、室内履きを履いて毛布とクッションを準備する。

離宮にはいくつも出入り口があるけれど、帰りが遅くなった夜に彼が使うのは東玄関だ。東翼の一階と二階は、赤紫色の絨毯（じゅうたん）を敷いた豪奢な振り分け階段でつながっている。中二階に広い踊り場があり、二階につながる二股に分かれた階段だ。

オーレリアは、一階の東玄関から見える段差にクッションを置き、腰を下ろす。体に毛布をぐるりと巻き、あとは彼が帰ってくるのを待つばかりである。

日付が変わる直前に、シリルは疲れた顔をして東玄関の両開き扉を開く。

「オーレリア、こんなところでどうしたのです？　また風邪を引いてしまいますよ」

一瞬で、表情が変わった。オーレリアの姿を見つけたとたん、彼は月光のように繊細で美しい笑みを浮かべる。

「あなたを待ってたの」

「それは嬉しいですが、私よりもあなたの体を大事にしてください」

第三王子シリル・ケイルズフィア・デュカウルが、王国の民たちから崇拝されているのはオーレリアも知っていた。

天才的な魔法の能力と、王位継承権を返上する欲のない人格、そして魔力喰いと呼ばれて畏怖の対象であることも。

けれど彼と出会って、シリルの長所も短所も人間らしさも、なかなかに厄介な執着気質であることも知った。

——それでも、わたしはこの人が好きなんだ。

「こうでもしないと、シリルと話す時間もないじゃない」

彼は階段に足をかけ、オーレリアの頭をぽんと撫でる。

「私のかわいらしい婚約者どの、それでは寝台までお連れしましょう。申し訳ありませんが、さすがにこの時間から愛を育むのは少々困難ですので——」

「一緒に、寝て？」

「！」

オーレリアは、彼のフロックコートの袖口をつかむ。

「話せなくてもいい。寝ている間くらいは、一緒にいてもいいでしょう？」

毛布の上から、シリルがぎゅっと抱きしめてくる。彼の頬は冷たい。外のにおいがした。

「……私を腹上死させるおつもりですね？」

「そ、そういうことじゃなくて！」

——したいのは、そういうことじゃないのに。

疲れている彼に無理をさせたいのではなく、ただそばにいたいのだ。伝えているつもりでも、なかなか伝わらない。

「くっついて寝たいなって思ったの」

彼の背中に両腕をまわして、精いっぱいの伝える努力をする。

「そこまで言われては、覚悟を決めないわけにはいきません。私は、今夜死んでも悔いがないです。あなたを抱きます」

「抱かなくていいんだってば！」

まったく何も届いていなかった。やはり彼の、オーレリア限定で理解力が低下することが問題なのかもしれない。

「添い寝だけ！　まずはお風呂に入って！」

「一緒にですね。嬉しいです。何よりのご褒美です、オーレリア」

「わたしはもう入ったの」

「ではもう一度、ご一緒しましょう。くっついて寝るだけではなく、くっついて入浴するのも、体の奥の深いところでくっつくのも――」

「違うぅ……ッ！」

なんだかんだと騒いでは、ふたりはシリルのベッドで『くっついて』眠った。

告白はできなかったけれど、彼のぬくもりを感じて眠る夜は幸せで。

――このまま、夜が明けなければいいのに。

明け方近く、ひとり目を覚ましたオーレリアは、彼の胸に寄り添ってもう一度目を閉じる。

ベンジャミンの鐘は、まだ鳴らない。

第四章　元悪役令嬢の幸せな結末

魔獣討伐の出立を三日後に控えた朝、すっかり元気になったオーレリアが制服で朝食堂に足を踏み入れると、先にシリルが席に着いていた。

ここ最近、帰りの遅い彼は朝の食事を摂るよりも睡眠を優先することが多い。一緒に食事をするのも久しぶりだ。

「おはようございます、私の愛しい人」

朝陽に負けない輝く笑顔のシリルは、なんともいつものシリルすぎる。

「オーレリア、今日と明日は学院を欠席して、私と過ごしていただけませんか？　あなたと行きたい場所があるのです」

――どうせ無事に帰ってくるんだから、帰ってきてから週末に出かければいいじゃない。それとも、新年の休暇で二泊といわず、もっとゆっくり泊まったっていい。

「前祝いということなら、つきあうわ」

オーレリアの答えに、シリルは嬉しそうに頷いた。

海辺を走る馬車からは、海岸線に光が満ちているのが見える。ふたりは、海岸沿いにあるガドウィン領へ向かっていた。

「シリルは十歳のときに公爵領をもらったのよね」

「そうです。実際に管理を任されたのは二十歳になってからですが」

「今も、管理者は置かずに自分で領地に足を運んでいるの？」

「はい。私にとっては、三番目の家族たちです」

——三番目？

一瞬、オーレリアは彼の答えに考え込む。

一番目は、王族一家だ。そこはよほどの問題がないかぎり、揺るがないと思う。

では二番目は——これも、すぐに予想できる。十五歳で入団した魔法騎士団が、彼にとって二番目の家族。今の団長は、シリルを昔からかわいがっていると噂を聞いたことがある。

——入団するときに、王位継承権を返上したと言ってた。自分にとっての、新しい居場所を見つけたということなのかな。

そして、三番目がガドウィン領の領民たち。自分の領民を家族といえるシリルを、オーレリアは素直に尊敬する。オーレリアの父、ローウェル公爵も領民たちから慕われているけれど、領民を家族と呼ぶのは聞いたことがない。

「ですが、あなたのことを四番目の家族とは呼びたくないのです」

シリルが自分のことを愛してくれているのは疑う余地がない。結婚したいと思ってくれているのも、おそらく今の時点では変わらないだろう。

――だとしたら、なんで四番目の家族じゃダメなの？

「わたしが自分で選んだ最初の家族になってほしいからです」

「っっ……、そ、それは結婚したらそうなる、と思う」

「結婚したらということは、私たちは結婚することが確定していますので、もう家族ですね」

「……っ、」

言葉につまった一瞬を、

「そうね！　嬉しい！　です！」

強引にねじ伏せて、本心にかぎりなく近い部分を披露する。

少しでもシリルにかわいいと思われたいだなんて、自分にこんなあざとさがあったとは。

――って、こういうときに黙るのはやめて。恥ずかしい。

「……………かわいい」

ぼそり、と。低い声が聞こえてきた。

「だっ……、そ、そっちが！　シリルが言ったからっ」

「かわいすぎます、オーレリアっ」

「ぎゃ！」

令嬢らしからぬ声をあげるのも仕方がない。馬車の硬い座席の上で、突然押し倒されたのだ。

「あなたはどうしてそんなにかわいらしいのでしょうね。がんばって『嬉しい』と言ってくださったお気持ちが、心から嬉しいのです。優しさにあふれていらっしゃるあなたを、私は生涯大切にいたします。ええ、一生、来世も再来世までも、あなたを探し出して愛し、守り、慈しみ、犯し、養い、抱きしめ、閉じ込め、抱き尽くしますね」

ものすごい速度で言い放つシリルだが、後半、明らかに愛する女性に対して言うには不適切な欲望がひとつかふたつ混ざっていた。

「……閉じ込められたくは、ないかな」

「ほかは許容してくださるのですか？」

「っっ、そこはある程度自重して」

「はい。自重して愛します」

車窓の景色を楽しむ余裕もなく、甘いキスで心を塞がれる。

「愛していますよ、オーレリア」

「わ、わかった、わかったから……」

――馬車の中で襲うのはやめてください！

ガドウィン領の商業地で働く人々は、冬の装いで元気よく声をあげている。

「これは王都から買い付けた、手編みのレースだ！　愛する妻に、娘に、なんならお目当ての彼女にどうだい、おにいさん」

「ほら、ちょっと見ていってよ。魔法を使わずに明かりが灯る不思議なランプだよ。半年使えて、魔力要らず！　家内安全、愛妻笑顔ってね！」

「海向こうから取り寄せた絨毯はどう？　今日は大サービスで、手鏡もつけるよ。届いたばかりの乳香は？」

いきいきした表情の明るい領民たちを見て、王都の商業地より強い生命力を感じた。

――ガドウィン領って初めて来たけれど、こんなに活気のある土地なんだ。

「何か、ほしいものがあればおっしゃってください。あなたのためなら、なんでも購入します。土地でも家でも私でも」

「シリルが言うと冗談にならないんだけど」

「冗談を言っているつもりはありません。ちなみに、私をお買い上げいただく場合には売却不可、生涯保証です」

真顔の彼に覗き込まれ、思わず顔を伏せる。

――そんな美しい顔を近づけられると困る。ここ、往来なのに。

「オーレリア？」

「あの、場所を考えて、ほしい」

「キスされそうだと思ったのですね。私の唇だけをご購入ということでしたら、もちろんそれも応じます」

「そんなこと言ってない！」

「それは残念ですね」

手袋をした大きな手が、オーレリアの左手をつかんだ。

そのまま、手をつないで石畳の道を歩いて行く。ただそれだけのことで、胸が高鳴る。

「ねえ、シリル。あれは何？」

露店に並んだ、見たことのない果物。

「ああ、あれは――」

「領主さま！　ご無沙汰しております。今日はデートですかい？」

彼が説明しようとしたところに、果物売りの男が声をかけてきた。王子相手、領主相手、どちらにしてもずいぶん親しげな話し方だった。

「お久しぶりです、ジェファーソンさん。ちょうど今、私の婚約者にあなたの店の果実を説明しようとしていたところでした。よろしければ、彼女にそちらをひとついただけますか？」

「ええっ、領主さまの婚約者だって？」

ジェファーソンと呼ばれた果実売りが大きな声をあげる。

するとと、周囲の店の売り子たちがわらわらと集まってきたではないか。

「領主さま、ご婚約なさったの？」

「うちの娘とぜひって言ってたのに、残念だねえ」

「あんた、ずうずうしいよ。領主さまはこの国の王子さまなんだからさ」

「そうそう、とっても美人のご令嬢じゃないかい」

――ああ、三番目の家族って言っていたのはほんとうのことだったんだ。

彼の話から、家族のような、という比喩だと思っていた。

「はい、私の最愛の婚約者、オーレリア・ローウェルです。今後、皆さんと会うことも増えると思いますので、どうぞよろしくお願いしますね」

「あの、オーレリアです。よろしくお願いいたします」

慌てて挨拶すると、集まった皆が、ほうとため息をつく。

「いや、まいった。領主さまと並ぶと美男美女だ」

「こんなきれいな婚約者さまがいらっしゃったんだねえ。うちの娘じゃ無理なはずだ」

「領主さま、結婚式はここでもやってくれるんですか？」

――もしかしたら、シリルを王子や公爵、魔法騎士という肩書で見ているのはわたしのほうなのかもしれない。

彼自身、そしてこの土地の人々は、シリルを領主としてだけではなくこの土地の人間として受け入れているように見えた。

王都で育ったオーレリアには、気づけなかったことがある。王都を離れないと、自身の肩書に縛られてしまう者もいるという事実だ。現に、ガドウィン領の人々はシリルをただのシリルとして見ているではないか。そして、人々に囲まれたシリルの笑顔はいつもよりずっと明るい。

「ステキな場所ね」

賑(にぎ)やかな店々が並ぶ道を離れ、大きな時計塔のある公園が見えてから、オーレリアはぽつりと言った。

「はい。とてもすばらしいところです。私の好きなガドウィン領を、あなたにも気に入ってもらえたのなら嬉しいですよ。オーレリア、冬の公園はお好きでしょうか？　あの奥には、小さな湖があるんです。ご一緒にいかがですか？」

「ええ、ぜひ」

その日は夕方になるまで、ふたりであちこち歩いてまわった。

たしかにこんなデートは、王都ではなかなかできない。豊かな自然に囲まれた散歩道を手をつないで歩き、広場では子どものように駆け回って、枯れ葉の積もった林道をどちらがいい音を立てられるか競い合う。

馬車に戻るころには、ふたりともすっかり笑い疲れている。そのくらい楽しい一日だった。

「別邸へ頼む」

御者にそう告げたシリルは、馬車に乗るとオーレリアの冷えた手を温めてくれる。

この人が好き。優しいところも、強いところも、ちょっと人並みはずれたところも、きっと全部が好きだ。

夕陽(ゆうひ)の中を、馬車が行く。ヒヒン、と高く嘶(いなな)いた馬が土を蹴り、ふたりはいつしかあくびを繰り返して、どちらからともなく目を閉じていた。山間(やまあい)に沈む橙色(だいだいいろ)の夕陽が今日の仕事を終え、夜を広げた空に一番星が輝いている。


別邸の大きな暖炉の前で、湯上がりのオーレリアはナイトドレスに毛足の長い冬用のガウンを着て、ホットミルクを飲んでいた。大きな毛布にふたりでくるまって、揺れる炎を見つめている。言葉はない。ただ、静かな時間が流れていく。

——言わなくちゃ。

彼が魔獣討伐に行く前に、好きだと伝えなくては。

——だけど、それじゃまるで生きて帰ってこられないみたい。そんなの嫌だ。

彼と過ごす時間が楽しければ楽しいほど、まるで最後のデートだと言われている気がしてしまうのだ。それが怖い。

「ねえ、シリル」

「なんでしょう」

黒い瞳に暖炉の炎を映した彼は、いつもと同じ穏やかな声で返事をする。

——わたし、あなたのことが好き。気づいてる？

けれど、ずっと悩んでいた告白ではなく、オーレリアの口は違う言葉を発していた。

「帰ってくるまで、しないからね」

「え……？　それは、まさかとは思いますが、私に抱かれるのを拒絶していらっしゃるのですか？

こうして婚前旅行をしておいて、今夜はおあずけだとおっしゃるのですか？」

まさしくそのとおりなのだが、あらためて聞き返されると恥ずかしくなる。オーレリアは、唇をとがらせた。

「絶対、今夜はしない！　その代わり、帰ってきたらいくらでもして。シリルがしたいだけ、何回でも、何日でもつきあうから。だから……」

かならず帰ってきて。

大切なことは、小さな声で伝える。たったひとりに伝えるための、心からの言葉。

シリルの手が、オーレリアのホットミルクをひょいと取り上げ、暖炉脇に遠ざけた。

「シリル？」

「オーレリアは、そんなかわいらしい誘惑をいったいどこで覚えたんです？　私を制御する方法を完全に会得していらっしゃるではありませんか。ほんとうに、かわいすぎて許しがたいほどです」

許しがたい理由がわからないけれど、オーレリアは笑ってみせる。今夜のふたりには、ずっと笑っていた思い出が必要だと、なぜかそう感じたのだ。

――だけどそれは、これが最後だからじゃないの。帰ってきたときに、また同じに笑い合うためだから。

「わたし、シリルからしか、何も教わってない」

初めてのキスも、その先も。誰かを好きになる気持ちも、全部彼から学んだ。彼が教えてくれた。

「私もそうです。あなたしか、好きになったことはありません」

「だったら、生きて帰ってきて」

笑顔のままで、彼をじっと見つめる。

「オーレリア」

「……じゃなきゃ、許さないわ。わたしにしたこと全部、責任をとってくれるんでしょう？」

「ええ、もちろんです」

シリルが、ゆっくりと顔を近づけてきた。唇が重なるまで、あと数センチ――

「……？」

キスの直前で、彼の唇に人差し指を当てる。

「この先は、帰ってきたらね？」

けれど、彼はオーレリアの手のひらで踊ってくれるほど、単純なタイプではないのだ。

「では、そのときには避妊魔法なしで」

「ちょっと待って、それは別の話でしょ。わたし、学院生なんだけど？　結婚前に、そんなのダメ」

——あなたの弟さんは、アンジェリカと授かり婚をするけどね。

「もう諦めてください。私のいないところでほかの男たちに囲まれるあなたを想像するだけで、皆殺しにしてしまいたくなります」

——わたしを？　クラスメイトを⁉

「それはずいぶんひどい妄想だと思う……」

「この哀れな男にひとしずくの優しさを賜われるのなら、どうぞ帰ってきた暁には結婚してくださいますね？」

「うう……、少し考えさせて……」

「今夜ひと晩、考えてください。もちろん、承諾していただけるよう私も尽力しますけれど」

シリルは、オーレリアの手をとって左手の甲に唇をあてがう。

「唇へのキスも挿入も禁止だと理解いたしました。では、どこまでならキスしていいのでしょう。どうぞ、体で教えてください、オーレリア——」

「あ、ちょっと、やだ、こんなところで……！」

暖炉の火が、ふたりの影を床に描く。その形が、ゆらりと揺れて、ひとつに重なった。けれどそれは、ほんの一瞬のこと。

「こんなところで脱がせては、また風邪をひかせてしまいそうです。ベッドへ行きましょうか、オーレリア」

「っっ……、だから、脱がせなければいいの」

「ですが、魔獣討伐から帰ってきたらあなたを孕ませる権利をいただく必要がありますので」

「そんな権利はありません！」

相変わらず、シリルはシリルだ。

それが今夜は、泣きたくなるくらいに嬉しい。

§　§　§

寝室に、波の音が響く。海沿いの別邸は、窓を閉めていても潮の香りが室内を満たしていた。

——眠れない。

オーレリアはベッドの上で先ほどから何度も体の位置を変えては、寝る努力をしている。

今日一日、とても楽しかった。知らなかったシリルを知り、彼の愛情の深さを感じることができた。ガドウィン領の人々から愛されるシリルを見られたのも嬉しかった。

——波って、こんなに音がするんだ。

ザザン、ザ、ザザ、と寄せては返す波音が、これまでシリルと過ごしてきた思い出を脳内によみがえらせる。

初めて会ったバルコニーで、最初に声を知った。ワイルドな言葉遣いが好きだなんて何を言い出したのかと思ったけれど、シリルのおかげで素の自分でいられる時間ができた。公爵令嬢オーレリア・ローウェルではなく、ただのオーレリアとして接してくれる人。

学院まで迎えに来てくれるのはありがたいけれど、避妊魔法を習得したから安心しろだなんてひどい求婚だったと今でも思う。事実、避妊魔法のときに言わせられる言葉はひどいなんてものではない。

それでも、シリルは正直なだけで。

オーレリアの前では、いつだって自由で慇懃無礼で、敬語を使われてもまったく敬われていない不思議な関係が続いて——今、ここにいる。

いつの間に、好きになったんだろう。いつから、厄介な男が好きな男に変わったんだろう。

『オーレリア、私はあなたの与えてくださるものなら、罪でも毒でも蜜でも夢でも喜んで受け止めます』

あれほど、恋愛感情をまっすぐに伝えられたことがほかにない。前世を含めてもない。

だから、シリルを特別な相手だと感じてしまうのだろうか。そういう側面もあって当然だ。ただし、誰が相手でも同じかなんて答えはない。オーレリアの前にいたのは、シリルだったのだ。

そして、きっかけはなんであれ彼のことを好きになった。

「オーレリア」

眠っているとばかり思っていた彼が、突然名前を呼んだ。

オーレリアはビクッと肩を震わせる。

――このタイミングで？

心の声が聞こえていたのではないかと思ってしまう。そういう魔法を使える者も、過去には存在したと学院の講義で学んだ。

「眠れないのですか？」

「そ、そう。シリルも起きていたの？」

「ええ。あなたが隣にいるのに抱くことは許されない夜は、なんと幸福な拷問なのでしょうね」

「…………」

「あなたが隣にいるのにセックスしてはいけない夜は――」

「なんで言い直すの……？」

「いえ、伝わっていないと困りますので言いたいことは明瞭にしたほうがよろしいかと思ったのです」

「じゅうぶん伝わってるから安心して」

「そうでしょうか。ほんとうに伝わっているのなら、あなたもまた私に抱かれたくてたまらなくなるはずなのですが……」

相変わらず、彼はオーレリアにはわからない理屈で生きている。

「もう一度確認しますが、ほんとうに今夜、私はあなたを抱けないのでしょうか?」

上掛けを少し持ち上げながら、シリルが横向きになってこちらに両腕を広げた。その腕の中にきてほしいと、彼の黒い瞳が誘っている。

「どう言われようと、今夜はしないの。それでもいいの?」

「いい、とは?」

「くっつくだけで、満足できる?」

「満足できなくとも、あなたと抱き合っていたいのですよ、オーレリア」

小さく頷いて、彼の腕の中に身を寄せた。寝間着越しにも、シリルのぬくもりが感じられる。吐息がひたいにかかり、生え際の産毛がくすぐったさに震えた。

「もしも――」

彼は低い声で、珍しく言いよどむ。

「もしもの話はいらないの。だって、シリルは帰ってくるってわたしは決めているから」

「……決めて、いらっしゃるのですか?」

「そうよ。決めているの。だから、帰ってこない選択肢がないってこと」

オーレリアだって、魔獣討伐に関しては不安があった。

ここは『ベンジャミンの鐘が鳴るまでに』のゲームの世界。けれど、ゲームシナリオとは異なる物語を皆で紡いできている。どのルートとも違う現実が、ふたりを取り囲んでいるのだ。

──シリルが帰ってこないなんて選択肢、わたしは準備しない。誰かが作ったゲームじゃなくて、わたしが選んだわたしの未来を一緒に生きてほしいから。

「あなたはときどき、神をも恐れぬほどの強靭さを発揮されるのですね」

「ねえ、それは褒めているの？　それとも」

「褒めているのです。こんな強く優しい女性を妻にできる私は、世界一の果報者ですから」

ふふ、とシリルが吐息で笑う。

「不思議な話を聞いてくれる？」

「なんでしょう」

「寝物語よ。わたし、ほんとうはオーレリア・ローウェルじゃないの。それでもシリルはわたしと結婚したい？」

「もちろんです。あなたがどこの誰であろうと、オーレリア・ローウェルの偽者だとしてもかまいません。私が好きになったオーレリアは、今ここにいるあなただけです」

──ほんとうは誰なのか、って訊かないんだ。

誰でもいいわけではなく、彼だから好きになった。そんな自分の気持ちと同じものを、シリルに感じる。彼にとってもまた、自分は唯一無二の存在なのだと思うと安心できる。

オーレリアは、自分の前世について初めて人に明かそうと決めた。

魔法学院の入学式で、ベンジャミンの鐘が鳴るまでにというフレーズを聞いて、自分の過去を思い出したこと。この世界は、会社で作っていたゲームそのものだということ。

「ゲームというのは、チェスや謎解きのようなものではないのですね」

「少し違うかな。たとえば演劇を見ていて、主人公がどうしようか迷ったときに、シリルが自分で主人公の行動を選べるの。選択肢を選ぶことで、その選択肢に対応した脚本の物語の続きを見られる。それが繰り返されて、みんなが幸せになる結末を見られたらゲーム終了」

「誰かと競うことはないのですか？」

「ない。それぞれが、ひとりでゲームを遊べるの。いろんな脚本に枝分かれする演劇を、先にすべて演じておいたものを、必要なときに必要な分だけ取り出して見る、みたいな感じ」

「とても不思議です。あなたのいた世界では、そういう魔法――いえ、科学が発達していたのですね」

感心した声が、好奇心にうわずっている。

もともと、シリルは魔法に対してもさまざまな興味を持つ人だ。そうでなければ、才能があるからといっていくつもの魔法を習得することはできない。

――乙女ゲームをどう説明するか迷ったけど、イメージしてもらえたならよかった。

ポータブルゲーム機は、たぶんオーレリアの語彙力では説明しきれない。だから、キャラ絵と声優による音声を、演劇として説明した。脚本があるという意味では、そのほうが理解してもらえるかもしれないと思ったからだ。

話せるかぎり、すべてのことを話した。なぜ自分には偽装婚約が必要だったか。それは、悪役令嬢として断罪され、命を落とす結末が決まっていたからだ。

「あなたの命を救うことに一役買うと知っていれば、もっと早くに偽装婚約をお引き受けいたしましたのに」

「自力でどうにかできるんじゃないかと思っていたの。まあ、何をしても悪役扱いされると気づいて、慌てて婚約しなきゃとなったので、シリルと出会えてよかったと思ってる」

「私も同じ気持ちですよ」

「ありがとう」

「こちらこそ、ありがとうございます。ほかの男と婚約なんてしていらっしゃったら、たいへんなことになるところでしたから」

「え、たいへんって……」

――うん、これは聞かないほうがいいね！　悪い顔してるよ、王子さま！

魔獣のことも、魔獣討伐のことも、そして討伐を終えた数日後にベンジャミンの鐘が鳴ることも、それがゲームの定めた物語の終わりとなることも、すべてを話した。

最後まで聞いたシリルは「話してくださってありがとうございます」とオーレリアの目を覗き込んでくる。

「……シリルは、わたしの話を疑わないの？」

「はい、疑いません。どなたかに疑われたのですか？」

——こんなことを話したら、頭がおかしいと心配されるかと思ったけど……

「ううん、シリルが初めて。今まで誰にも話したことはなかったから」

「そうでしたか。ひとりで抱えているのは、お寂しいことだったでしょう」

優しい手が、オーレリアの頭を撫でてくれる。

ああ、そうか、と思う。ときどき感じるシリルの、ほかの人と違う優しさの理由だ。

彼は寂しさを知っている。天才と呼ばれ、皆から崇拝される存在であるということは、彼を孤高に置き去りにするのだから。

「シリルのほうが寂しかったんじゃない？」

「私には、あなたの魔力が寄り添ってくださいました」

「……じゃあ、魔力さえあればわたしはいらないの？」

「あなたがいてくだされば、魔力などなくともかまいません。魔力がきっかけであなたを知り、あなたを手に入れることができなかったから魔力だけでも寄り添ってほしかったのです。けれど、この先あなたがずっと私のそばにいてくれるのなら、私はいつか魔力不足で命を落としてもいい。ただ、あなたが、オーレリアが生きている間だけは隣にいたいのです。あなたの命が尽きるときには、私もともに旅立ちましょう。あの世でもおひとりにはさせませんよ、オーレリア」

相変わらず、愛情が重い。

けれど、彼の愛情は本来もっとほかの――たとえば家族、たとえば友人、たとえばペットなどに与える分まで、すべてオーレリアに注がれているのだとしたら。

――それはきっと、重くなんてない。シリルはわたしだけを選んでくれている。

いつか。

彼と結婚する未来のどこかで、彼の家族が増えたとき、シリルの愛情が重いのかがわかる気がする。分散したら、普通になるかもしれない。あるいは、重い愛情を注ぐ相手が増えるのかもしれない。

どちらだってかまわない。そのとき、彼は幸せなはずだから。シリルが幸せであることが、オーレリアにとっても大切なことだ。

「きっと、シリルはいいお父さんになるわね」

「……あなたは残酷なことをおっしゃるのですね」

「えっ、どうして？」

はっきり言わないだけで、そのとき彼の妻であり子の母であるのは自分のつもりなのだが、それが伝わっていないのだろうか。

「今夜、私がどれだけ我慢しているかお気づきいただけないのは悲しいですが、帰ってきたときには利子をつけて愛情を捧げさせていただきます。そうしたら、私も父親になれるかもしれません」

「うん、あの、少し落ち着いてね」

「落ち着けないほどにあなたを愛しているのです、オーレリア」

「……帰ってきたら子作りするみたいなこと言ってるけど、学院を卒業するまで結婚はしないのよ？」

「私は学生結婚というのも悪くないと思います。なにせ、あなたには潤沢な魔力がおありです。魔法の探究をしながら、私の妻となることは可能でしょう」

「卒業したら結婚しよう、うん」

「待てません。お約束いただけないのでしたら、今すぐにあなたを犯して子作りに励み、学院に通いにくいお立場にすることもやぶさかではありませんが――」

「怖い、怖い怖い！　目が怖いってば！」

――だけど、そんな未来も悪くないのかもしれない。いや、できれば卒業してから結婚してほしいんだけど。

彼がいてくれるなら。

かならず帰ってきてくれるのなら、魔法学院を卒業しなくともいいのだ。

今、オーレリアが望んでいるのはシリルの帰還だけ。

「シリル」

「はい」

「ちゃんと寝ないと、明日もガドウィン領を案内してくれるんでしょう？」

「結婚についての許諾をいただいていませんが」

「それは、また今度」

「いえ、お約束いただけないのなら今すぐにあなたを、」

「シーリール!?」

両手で白磁の頬を挟み、オーレリアは自分からキスをする。

「ね、一緒に眠りましょ」

「では、おやすみのキスはもう少し長めにお願いします」

「もう一回だけね」

「私が眠りにつくまで、何度でも――」

ザザ、ザン、と波がふたりの記憶に刻まれていく。

いつかこの夜を思い出すときには、シリルと一緒にいたい。

――好き、シリルのことが好き。

心を凝らしてキスをした。

心のすべてを唇に託して、キスを、した。

§　§　§

「おいおい、おかしいだろう」

　今朝から何度目になるかわからない。魔法騎士団の先輩騎士たちが、シリルの顔を見るたびにギョッとしたり、眉根を寄せたり、ときには熱を測ろうとしてくるのだ。

「団長、何がおかしいと言うのですか？」

「何っておまえ、これから魔獣討伐に行くってときに陣頭指揮官が、緩みきった表情してるのはおかしいんじゃないか？」

「これは生まれつきの顔です。ご不満というのでしたら、殴ってかたちを変えていただければと思いますが」

「……そういうことじゃねえんだよ」

　はあ、と盛大なため息をつき、団長がその場に股を開いてしゃがみ込む。

　──それにしても不思議なものだ。生まれてこの方、顔立ちを褒めそやされることは数多くあれど、こんなにも「おかしい」と言われるのは初めてではないだろうか。

　もしも、自分の表情筋が弛緩(しかん)しているのだとすれば、それはひとえにオーレリアの愛によるものだと思う。

　二日前、学院を休んで一泊二日の旅に誘ったシリルに、彼女は頷いてくれた。

　ふたりきりで過ごすガドウィン領での時間はとても幸福で。

　王の息子として生まれたシリルにとって、大切な人とああして旅行に出かけられたのは生まれて初めてのことだった。

幼いころは、見識を深めるために兄弟と国内を巡ることもあったけれど、十歳になるころには離宮を与えられ、家族と離れて過ごすようになった。十五歳で魔法騎士団に入団したあとは、団員たちと泊まり込みの特訓や僻地（へきち）での視察に出たものの、そもそもあれは旅行ではない。

──婚前旅行を、彼女とした。

その事実だけで、シリルの頬は緩む。

婚前旅行というからには、結婚ののちには新婚旅行にも行く。そして、いずれは家族旅行にだって行きたい。そのためには家族を増やさなければいけない。オーレリアには全面協力をしてもらう予定である。

「以前に、おまえに結婚しないのかと聞いたことがあったな」

「はい。私の愛する女性のお話をしました」

「あのときの、まだ出会っていないと言っていた女性が婚約者の令嬢なのか？」

いち団員とのなんてことない会話を、団長は覚えていてくれたらしい。

「ええ、そうです。彼女こそ、私の愛してきた、これからも愛しつづける女性です」

「そうか。だったら、婚約者のためにも魔獣を討伐してやらなきゃな」

七年前に入団したときと変わらぬ子ども扱いで、団長がシリルの背中をぽんぽんと叩（たた）く。巨体にヒゲのいかつい男だが、妙に人たらしなところがあった。昔から、団長のためなら命も投げ出せるという団員が少なくない。

「団長のご家族のためにも、がんばらなくてはいけませんね」

「……おまえ、ぜんぜん心がこもってないんだよ」

「一応、こめたつもりだったのですが足りませんでしたか？」

「ああ、いい、いい。最愛の婚約者のために働け」

「はい」

もう一度、今度は先ほどよりも強く背中を叩いて、団長はほかの団員に声をかけにいく。まめな人だ。そして、ひとりひとりのことを先ほどのシリルの話のように覚えているのだろう。

ガドウィン領の海にほど近い別邸で、オーレリアは不思議な話をしていた。彼女はこの世界に生を受ける以前、異なる世界に生きていたのだという。魔法大国デュカウルでも、輪廻転生の話はときに耳にする。しかし、オーレリアはまったく別の世界から転生してきたと言っていた。

彼女は、前世の世界でゲームを作っていた。しかもそのゲームというのは、ベンジャミンの鐘にまつわる恋愛の物語をテーマにしているという。

――なんとも聞いたことのない転生の話だ。

シリルは、誰にも言ったことがないという彼女の話を全面的に信じている。

『極光祭の前に、あの魔獣は北の街を襲うの。被害者がたくさん出る』

以前に、オーレリアはそう言った。

──あのとき、彼女の助言をもとに警備を強化していたおかげで、思ったほど被害者は出ずに済んだ。あれもきっと、別の世界で知ったデュカウル王国の出来事なのだろう。

オーレリアが偽装婚約をしようとした理由もゲームに起因し、悪役令嬢として殺される未来が決まっていた彼女には、悪事にかかわらないよう生きる必要があったそうだ。ブラッドと彼の婚約者に関係すると、オーレリアは魔に魅入られて魔獣とともに討伐されてしまう。つまり死んでしまう。だから、ブラッドに恋慕していると勘違いされないためにも、ほかの男性と婚約しておきたかったのだ、と彼女は言った。つまり、自分でなくてもよかったのだ。

──ほかの男がオーレリアに求婚する前に声をかけることができて、ほんとうによかった。彼女がもし、誰かと婚約なんてしていたら、私がその男を殺すことになったに違いない。

無論、周囲にバレないように殺すことなど簡単だ。暗殺に役立つ魔法はいくらでもある。魔力の痕跡を隠すことも可能だし、そもそもこの国でシリルを上回る魔法使いはいない。

魔獣討伐が終われば、数日でベンジャミンの鐘が鳴る、と彼女は言った。

その鐘が鳴ると、ゲームで決められた物語が終了する。そして、そこからオーレリア・ローウェルの人生が始まる──と、シリルは理解している。

彼女の未来のために魔獣を討伐する。これは比喩ではなく、ほんとうにオーレリアがこの世界で生きていくために必要なことなのだろう。そういう意味で、本来はシリルが陣頭指揮を執る予定ではなかったという話は興味深い。オーレリアは、アンジェリカこそがこの世界の主人公なのだと言っていた。だから、アンジェリカが幸せになるためにオーレリアは悪役にされてしまうのだ、と……。

シリルの考えは違う。無論、オーレリアから聞きかじった程度で彼女の語るゲームとやらのすべてがわかっているわけではないが、陣頭指揮が自分になったことからも、オーレリアの物語の主人公はオーレリアでしかないのだと思った。

主人公の恋人が陣頭指揮を執る。その設定から逆算しても、これがオーレリアが主役の物語であるのは証明できる。だとすれば、シリルが魔獣を倒して帰ることで、彼女の物語には一応の決着がつき、これからの未来を自由に生きていけることになるのだ。

「よお、シリル。今日はよろしくたの――む、って、おまえ、どうした」

「なんです？」

「顔が、なんていうか、いや、うん。婚約者のことでも考えていたのか？」

年上の同期に問いかけられ、シリルは素直に頷く。彼は困ったように頭をかいて、その手でシリルの肩をつかんだ。

「おまえも、人の子だったんだな。だけど、さすがに任務の直前にエロいことを考えるのはやめておけよ？　ここが往来だったら、確実に通報されるからな？」

じゃ、またあとで、と同期の男が集合場所に駆けていく。

自分はよほどひどい顔をしていたと見える。愛するオーレリアのことを考えていたからには、仕方がない。

――いやらしいことなど、考えるだけではなく実践しなければ意味がない。無事に魔獣を討ち、オーレリアのもとに帰って子作りに励まなければ。

相変わらず邪念でいっぱいのシリルだが、いろいろな意味でやる気に満ちあふれている。魔獣を殺る気も、もちろんその中に含有されていた。

表情を引き締め、シリルもまた今日の集合場所へ移動する。今日の空は雲が多い。北の森は、冬を目前に鬱蒼としていることだろう。

――私は、あなたのもとへ帰ります。待っていてください、オーレリア。

§　§　§

離宮の自室で、オーレリアは空を見上げて両手を胸元に組む。窓には冬の冷たい気温のせいで結露ができ、窓枠に水が流れている。

昼間のこの時間、いつもならオーレリアは魔法学院で講義を受けていた。離宮に留まり、日がな一日、報告を待っているのはシリルの魔獣討伐が心配でならないせいだ。

勝手に帰ってくる以外の選択肢などないと決めつけてはみたものの、それはあくまで強がりだった。

——シリル、今ごろどうしているんだろう。

カネナルのシナリオでは、討伐に出立してから三日後の今日、討伐隊の面々が帰ってくることになっている。そして明後日には、ベンジャミンの鐘が鳴る。そうなるはずなのだ。

けれど、自分がゲームと異なる動きをしたせいで、魔獣が設定よりも激強になっている可能性だってないとはいえない。悪役令嬢が国いちばんの魔法騎士と婚約し、主人公であるアンジェリカはブラッド王子と授かり婚の予定という、すでにゲームから逸脱したこの世界。

——どうか、シリルが無事に帰ってきますように……

組んだ両手を顔の前に持ち上げ、オーレリアは目を閉じて祈る。

デュカウル王国には、特定の宗教はない。前世の自分も、宗教には興味がなかった。それでもやはり、自分の力の及ばない事態に直面したとき、人は神に祈るのかもしれない。

廊下をバタバタと侍女が駆けてくる足音が聞こえた。何かあったのかもしれない。オーレリアは組んでいた指をほどき、廊下につながる扉へ向かった。扉を開ける直前で、廊下側からコンコンと少し忙しないノックの音。

「どうしたの？　何かあったの？」

オーレリアは扉を開け、廊下に立っていた侍女が驚いてその場に尻餅をついた。

「お、オーレリアさま、シリル殿下が……」

「シリルが⁉」

「お戻りになったと、王立騎士団より連絡がありました」

これから、魔獣討伐隊の一団が王都へ入る。その前に、シリルが一報をオーレリアに届けてくれたという。

「すぐに行くわ。凱旋に駆けつければ、シリルにすぐ会えるでしょう?」

「ですが、人が多く集まります。オーレリアさまが、ひとりで危ないところへ行くことのないよう、シリル殿下からは出立前に強く言われておりますので――」

侍女の言葉をさえぎって、オーレリアは眼光鋭くひと睨みする。

「うっ、わ、わたくしには判断できません。どうぞご容赦くださいませ」

「だったら、誰に言えばいいの? 馬車を出してくれないというのなら、歩いてでも行くわよ?」

今ほど、自分が悪役令嬢の顔をしていることもないのでは、とオーレリアは思う。

「わかりました。わかりましたから、どうぞ涙を拭ってくださいませ」

――え? 涙?

侍女が白いハンカチを差し出してくる。それをぼんやり受け取って、自分の頰を拭ってみた。言われたとおり、オーレリアの頰は涙で濡れているではないか。

「オーレリアさまがシリル殿下を想っていらっしゃるのはわかりました。わたくしがすぐに馬車を手配いたします。どうぞ、このままお部屋でお待ちください。よろしいですね?」

「ええ、ありがとう」

借りたハンカチで涙をおさえ、ひどい鼻声になっていることに気づく。いつから泣いていたのだろう。

——シリルが帰ってきた。

こうしてはいられない。

オーレリアは部屋に戻ると、すぐに外套を取り出す。いつもなら侍女たちに出してもらうけれど、馬車の準備ができたらすぐに飛び乗ってシリルの凱旋に駆けつけなければ。

重い灰色の空から、雪が降り始める。

この冬、初めての雪。

シリルが準備してくれていたドレスを着て、彼の選んでくれた外套を纏い、防寒用の編み上げブーツに、手袋、襟巻き、ファーのついた帽子を選び、オーレリアは侍女が戻ってくるまでに外出の準備を整えた。

§　§　§

王都の大通りには、すでに多くの人が駆けつけていた。

北の森に魔獣が出始めたころから、王都と北の街近辺に暮らす人々は皆、戦々恐々として過ごしてきたのだろう。無理もない。ベンジャミンの鐘により、魔獣がほとんど出ない生活に慣れているのだ。百年に一度、魔獣出没の時期が来るといっても、大半の王国民たちは魔獣と遭遇したことなどないのだから。

――どこか、なるべく前のほうで、討伐隊が帰ってきた姿を見られる場所は……

オーレリアはあたりを見回しながら、人混みをかき分けて歩く。

しかし、誰もが最前で討伐隊を出迎えたい。なかなか前に行くこともできず、遠くからひと目見られればいいかと思ったところだった。

「こっちです、オーレリアさま！」

聞き覚えのある声に、ハッと顔をあげる。すると、視線の先にはアンジェリカとブラッドがいるではないか。

――しかも、なんていい場所！

つい先日まで、彼らとの接触を避けていた身としてはずうずうしくて申し訳ないのだが、手を振ってくれたアンジェリカに甘えて少しだけ居場所をもらいたい。オーレリアは、彼女たちのそばへやっとのことでたどり着いた。

「アンジェリカ、こんな人混みで、お腹は大丈夫ですの？」

「はい。わたし、健康だけが取り柄なんです」

「何があろうと俺が守るから問題ない」

アンジェリカの背後に立つブラッドが、小柄な妊婦を抱きしめている。両手はお腹の上だ。まだ見た目では妊娠しているとまでわからない。

――こんな童顔で愛らしいアンジェリカが、来年にはお母さんになるんだ。

アンジェリカ本人とはあまりかかわってこなかったものの、前世からよく知る相手だ。当然、

それは一方的にオーレリアが知っているだけで、アンジェリカにすればちょっとイジワルな先輩程度なのかもしれない。

「シリル殿下、ご活躍だったと聞いてます」

「そ、そうでしたのね。わたくしのところには何も……」

きっと、ブラッドに報告が届いていたのだろう。少しうらやましい。

「安心しろ。兄上はご無事だ」

「っ、それは、よかったですわ」

シリルなら、きっと無事だろうとは思っていたけれど。

――やっぱり、無事だと聞いてほっとした。

「あっ、見えてきました。あれですよ、ほら！」

周囲の人々も、わあっと歓声をあげる。大通りの向こうから馬に乗った一団がやってくる。

先頭には魔法騎士団の団長が、そしてそのすぐうしろにシリルの姿が見えてきた。

だんだんと彼が近づいてくる。

ほんの三日、されど三日。

出会ってから、この三カ月でオーレリアの生活にシリルはぐいぐい食い込んできていた。彼がいるのが、当たり前になっていた。

——シリルだ。ほんとうに帰ってきたんだ。

右手で手綱を握り、集まった民たちに左手を振る彼が、ぴたと動きを止める。

次の瞬間、魔獣討伐の勇であるシリル・ケイルズフィア・デュカウルは、馬をそのままに石畳に飛び降りた。

「えっ⁉」

オーレリアだけではなく、あたりからざわめきが聞こえてくる。それも当然だ。英雄の奇行である。

「っ、オーレリア！」

彼は、一目散にオーレリアめがけて走ってくるではないか。

「おかえりなさい、シリル」

こんなにもたくさんの民衆が集まった中から、自分だけを見つけてくれた彼。その気持ちが、嬉しかった。

「あなたのもとに帰ってまいりました、我が愛しのオーレリア」

黒い髪の王子は、魔獣討伐の帰りとは思えないほど艶（あで）やかに微笑む。この世のものとは思えないほどの美しさに、周囲からため息が聞こえてきた。

「無事のご帰還、嬉しいです。心配していましたわ」

「ええ、私もです。あなたと離れて三日も過ごすことになるとは、命にかかわるところでした」

——雲行きが怪しくなってきた。

とりあえずこの場は、笑ってごまかすしかない。オーレリアは、何も聞こえていないふりでニコニコと愛想を振りまく。

「抱きしめてもよろしいですか？」

「……ええ、もちろんです」

一秒の躊躇は、照れでしかない。彼に抱きつきたい気持ちと、皆に見られているから恥ずかしい気持ちが心の天秤（てんびん）を揺さぶる。オーレリアは婚約者の胸にそっと寄り添った。ふたりの抱き合う姿に、集まった人々から自然と拍手が湧き上がる。

「オーレリアさま、よかったですね。シリル殿下が無事にお戻りになって、ほんとうによかったです！」

「兄上、のちほど討伐のお話をお聞かせください」

アンジェリカとブラッドの声に、シリルは「ええ、ありがとう。のちほど」と最低限の返事で済ませた。

そして。

「オーレリア、助けてください。私はもう死にそうです」

耳元で、彼が小さく懇願する。

いったい何を助けてほしいのか。そっと顔を上げると、シリルは言葉のとおり顔色が悪い。今にも倒れそうと言っても過言ではない。

「えっ、どうしたの？　具合が――」

「あなたを抱きたくて抱きたくて血液がすべて下半身に集中するせいで、全身の血が足りないのです。今すぐ、あなたの中に入れてください」

――そうだ。こういう人だった。

彼には羞恥心というものがない。なにしろ、ある意味ではものすごく正直な人物だ。多少は取り繕ってほしいと思うくらいに、欲望に正直な男。

「……とりあえず、外で話すことじゃないからね？」

「ですが、こういう私のすべてを受け入れてくださるのでしょう？」

小声で話すふたりの会話は、喧騒の中、ほかの誰にも聞かれていない。

――今だ。今、言うしかない。

オーレリアは、ごくりと唾を呑んだ。

「わたししか、受け入れられないから仕方ないでしょ」

「え、オーレリア、それは」

いつだって、嫌がって拒絶して、それでもシリルが強引にオーレリアを求めてくれるのを心のどこかで嬉しく思っていた——かもしれない。いや、完全に嬉しい気持ちだけではないけれど、やはり嬉しいと思う自分もいるのだ、なんて、言い訳をして。

「わたしたち、結婚するんでしょう？」

「………………」

「だったら、これから一生、わたしだけがシリルを受け入れるの。だから、あの」

「オーレリア……！」

背がしなるほどに、強く抱きしめられた。それを見て、さらにあたりから「シリル殿下おめでとう！」「お幸せに！」と声が飛んでくる。

しかし、オーレリアは気が気でない。

それというのも、人前だというのに、ものすごく血液が集中したものが——つまり、勃起したアレがドレスの上からわかるくらい腰に当たっているのだ。

——魔獣を討伐して帰ってきた英雄のこんな姿、誰にも見せられない！

「もう無理です。このまま果ててしまいそうなほどに……」

「待って！　ほんとうに、絶対ダメだから！　帰るまで我慢！」

「ああ、こらえきれるでしょうか……」

「こらえて！」

必死の声音と裏腹に、オーレリアは笑顔を保っている。英雄の婚約者としての精いっぱいだ。

――ほんとうに、絶対、なんとしても、隠し通さなきゃ！

魔力喰いのシリルが、衆人環視の中でも股間を激しく膨らませるドヘンタイだなんて、誰にも知られるわけにはいかないのである。

「では、愛していると言っていただければ、なんとか耐えられる気がします」

「……今？」

「はい、今です。そうでないと、数秒以内に射精してしまう可能性があります」

破滅へのカウントダウンは、オーレリアの気づかないところで始まっていたらしい。

「っっ、愛してる、愛してるわよ。本気で愛してるの。だからお願い、我慢して！」

「あっ……！」

――ちょっと、待って⁉

びく、と腰を震わせ、シリルがオーレリアの肩口に顔を埋めた。

まさか嘘だ。そんなこと、あっていいはずがない。

「イッたと思いましたか？」

「…………からかったのね？」

「いえ、ほんとうにイキそうでした。あなたに愛していると言われるのは初めてでしたから」

「だって、言わないと耐えられないって言うから！」

「実際に聞いてみた結果、あなたに愛してるなんて言われてはすぐに達してしまいそうだということが判明しました。オーレリア、私をイカせたくなったらいつでも大歓迎ですよ」

まったく、どうしようもないほどに彼はオーレリアを愛してくれている。初めて押し倒されたときも、そういえば――

唐突に、大きな音が響いた。

「えっ、何?」

「ねえ、これって……」

リンゴーン、リンゴーン。

――ああ、予定より早いけれど、この音は知ってる。

「ベンジャミンの鐘だ!」

「鐘が鳴ってる!」

王宮と反対側、王都の東の丘に建つ白い塔の上。

先ほどまでの雪が雨に変わる。雲の切れ間に、魔具の鐘が澄んだ音を奏でている。

その鐘は鈍色をしている。誰が鳴らすでもなく、時が満ちると自ら鐘を鳴らす。

百年に一度、この国を守るために。

「鐘だ、ベンジャミンの鐘だ」

「ああ、鳴ってる。これで次の百年も安泰だ」

「ベンジャミンの鐘が鳴ってる!」

オーレリアの人生において最初で最後となるベンジャミンの鐘を、シリルに抱きしめられながら聞いた。

きっと、生涯忘れることはないだろう。

腰に当たる彼の熱とともに、忘れようがない。できれば、一部分だけ忘れてしまいたいところだけれど――

空から降る、祝福の雨。

「見てください、虹です」

シリルが空を見上げて指をさした。

「あなたと見る、初めての虹ですよ、オーレリア」

「そうね」

「私の初めては、この先もすべてあなたに捧げます。どうぞ、余すところなくもらってくださいね」

少々意味深な言い回しではあるが、これもこれでシリルらしい。

幸せそうに微笑む彼の視線の先、美しい虹がふたりを見下ろしていた。

§　§　§

浴槽に、バラの香油が垂らされる。ほのかに甘く、高貴な香りが鼻腔(びこう)をくすぐった。

洗い終えた長い金髪を頭頂部に結わえて、オーレリアは湯につま先からそっと体を沈めていった。

「それでは、のちほどお迎えにまいります。何かありましたら、こちらのベルを鳴らしてください」

「ありがとう」

侍女たちが下がり、浴室にひとり残されたオーレリアは、ほっと息を吐く。

――ほんとうに、シリルが無事でよかった。あと、あの場で果てないでくれてよかった。

そういう意味では、これまでもシリルは常にやばいと思っていたけれど、ほんとうのほんとうにドヘンタイの道を行くまでは至らずに済んだのだ。

「結婚相手がガチのドヘンタイってのはね……」

「ドヘンタイだなんて、私のいないところで私をお褒めくださるのですね、オーレリア」

「ひィッ⁉」

ゆらりと長い影が浴室に落ちる。

「っちょ、な、えっ、は、待っ……」

「落ち着いてください。呼吸をして、ヒッヒッフー、ヒッヒッフー」

「それは違う!」

シリルは別の浴室を使っているはずだが、なぜここにいるのか。彼が来たかったから来た、そして今ここにいるとしか言いようがない。

——そして、ここに来るまでは服を着ていたのよね？　全裸で離宮の中を歩いてきたとは思いたくないんだけど！

何しろ、現れた時点でシリルの性器は絶好調である。全力全開で、そそり立っている。

「……あのね、わたしにだって心の準備は必要なの」

「ああ、嬉しいお言葉です」

「何が⁉」

ほんとうに、心から「何が⁉」だ。もとよりシリルは少々、いや相当に理解不能だが、今日という今日はまったく追いつけない。

「もちろん、あなたが私の子を孕む心の準備をしてくださっていることが嬉しいのですよ」

——してない。

相手があまりに加速していると、妙に冷静になるものらしい。

「早速子作りに励みましょう。私の準備は万全です」

「いや、それは見るからに万全ぽいけど」

こちらの準備は考えているだろうか。

——って、そんなこと言おうものなら、準備に協力するとか言いそうだから……

「オーレリアの準備は私が調えますので、ご安心ください」

何も言わなくても結果は同じだった。

「いい、いらないっ」

「遠慮せずに。私たちは夫婦になるのですよ？」

「だからって、浴室まで来なくていいんだってば！」

「三日も離れていたのです。その分を埋めるためには、最低でも十日はふたりきりで寝室にこもる必要がありますね」

——三日を埋めるのにどうして十日かかるの⁉

「それに、私のほうがもう我慢の限界ですので」

広い浴槽に、シリルが一緒に入ってくる。

背後から抱きしめられ、彼の膝の間に座らされ、オーレリアは唇をとがらせた。

「ずるいよ、こんなの」

するり、とお湯の中でシリルの手が腰をなぞる。唇は耳殻に触れ、すぐに舌が耳裏を這った。

「っっ……ぁ、あっ」

「私はずるい男でもかまいません。あなたさえ、愛してくださるのならば」

長い指が、お湯とともにオーレリアの蜜口に割り入ってくる。急に触れられたのに、隘路はかすかに湿り気を帯びていた。まるで、シリルを待っていたかのように。

「ああ、あなたの体が私に慣れてきてくださったのがわかりますよ。以前よりほぐれやすくなられましたね」

「そっ……んなの、知らな……あっ、ぁ、ああっ」

浴室に声が反響する。自分の声が、普段よりもいやらしく聞こえて恥ずかしい。

「知らないなら教えてさしあげます。初めての夜、あなたの体は必死に私を受け入れてくださいましたね。痛みをこらえて、めいっぱいここを開いてくださったのです」

「何、言って……んっ！」

「奥まで突き上げられたときは、涙目になっていらっしゃいましたね。あなたの純潔を奪った夜のことは、何度も思い出して反芻しています。この奥、ここです」

「や、あっ……！」

シリルの指は長い。手が大きいのもあるが、膣に埋め込まれると子宮口まで届くほどである。

彼は的確に最奥を指先でなぞり、逃げようとする腰をもう一方の手でつかまえた。

「やだ、ぁ、あ、奥、さわらないで……っ」

「と言いながら、オーレリアは私にあの夜のことを説明されて、どんどん濡らしていらっしゃるのですね。あなたの嫌という言葉は、感じてしまうから嫌なのだとわかっています」

違うとは言えない。

慣れない行為と、触れられることへの恥ずかしさが、オーレリアの口から「いや」という言葉になってこぼれるだけで、実際にシリルに抱かれたくないというわけではないのだ。

——だけど、あまり恥ずかしいのはムリ！

「脚が開いてきました。わかりますか？　感じてくると、自分から脚を開いてくださる。そういうところもかわいらしいです」

「っっ……！」

指でほぐされながら、腰に当たる彼の太幹の脈動を感じている。

初めて見たときは、あんな大きいものが体に入るわけがないと思った。けれど、今は指だけでは物足りなくなってしまった。彼の楔で、甘くつながれたくなる。

「……シリル」

「はい」

「帰ってきてくれて、嬉しいの」

彼の指から逃れつつ、オーレリアは体の向きを変えた。彼の顔を見たかったのもあるし、キスしたかったのも――

「ん、むっ……」

だが、それはシリルも同じだったのかもしれない。

体勢を変えたとたん、唇が奪われる。

「あなたの感じる顔を見ながら、抱かせてくださるのですね。なんてお優しいのでしょうか。そのご褒美を、喜んで受け取ります」

「っっ……、そ、ういうことじゃなくて……」

「はい。ああ、とりあえず一度、中に出させてください」

「え？　あ、あっ、ウソ……ッ！」

ずぐん、と亀頭がめり込んでくる。まだ万全とまではいかない蜜口が、せつなさにきゅうとシリルを締めつけた。

「嘘ではありませんよ。ほら、あなたの中に私が入っているのです。もっと、奥まで挿れさせてください、オーレリア」

そうは言われても、腰が逃げを打つ。浅瀬で咥え込む彼の熱は、ビクビクと先端を震わせた。

「そんなに締めつけられては、すぐに出てしまいます」

「……っ、シリルは、動かないで」

いつもいつも、嫌と言いたいわけではない。

彼をほしいと思うこの気持ちを、きちんと伝えたくて。

浴槽の中で、オーレリアは必死に自分から彼の劣情を受け入れていく。

「オーレリア……？」

——すごい、太い。こんなに……？

腰を進めるほどに、蜜口が押し広げられてしまう。熱り立つ情欲の昂りは、亀頭のくびれを越えるとまた太くなっていき、根元がきゅっと細くなる。その形を想像するだけで、オーレリアの隘路がぴく、ぴくんと打ち震えた。

「あなたから、私を咥え込んでくださるだなんて思いもしませんでした」

「……い、や?」

「嫌なわけがありません。嬉しすぎて、もう果ててしまいそうですよ」

ふふ、と笑う彼のひたいに汗がにじむ。

「ちゃんと、言わなきゃって思っていたの」

「何をでしょう?」

「……だ、だから、その」

あなたを好きだと、それを告げるための心の準備がもっとも必要なのだ。

——まあ、すでに往来で愛してるなんて言わされたあとじゃ、わたしの告白なんて今さらかもしれないけれど。

自分から、言ったことがない。シリルになかば強制的に言わされてばかりだ。

彼が帰ってきたら言うと決めていた、その言葉を。

「シリル……」

彼の名を呼びながら、ずず、と腰を沈める。

「シリル、シリルぅ……っ」

「ああ、奥に当たりましたね。がんばってくださって、ありがとうございます」

切っ先が子宮口をぐっと押し上げていた。それを、さらに深く受け入れようと体重をかける。

「オーレリア?」

「……っ、好き……」

隘路をすでにみっしりと埋め尽くすものが、ドクンと脈を打ってさらに大きさを増す。

「シリルのことが、好きなの……」

「つっ……、は、あ、オーレリア、そんな……そんなかわいらしい顔で、言われたら、ああ……っ」

ぴたりと先端を子宮口に押し当てたまま、彼の情愛が迸る。びゅくん、びゅる、と白濁が噴出するたび、腰の奥が爆ぜるほどの熱に見舞われた。

「っっ、ぁ、あ、っ……」

膝でシリルの腰を挟み込み、オーレリアは淫らに腰を揺らす。止めようとしても、止められない。彼の吐精を受けてオーレリアもまた達していた。

「まだ、出てる……っ、ん、あ、あっ」

「出してもおさまりそうにありません。あなたのせいですよ。あなたがかわいらしすぎるのがいけないのです。このまま、もう一度イカせていただきますね」

「え、あっ……!?」

やっと射精が落ち着いたかと思ったとたん、シリルが両手で腰をつかんで腰をつきあげてくる。

「んぅ……ッ、ぁ、あ、ウソ……、どうして……」

男性は、一度果てたら続けてできないものだと思っていた。けれど、シリルは達してもなかなか衰えることがない。それどころか、ひと晩に何度もオーレリアを求める。

「どうしてとは？　私がどれほどあなたを欲していたか、わからないのですか？」

「ゃ、ぁっ……、だって、ぁ、あっ」

「何度抱いたところで足りないのは、わかっているのです。それでもあなたを抱きたくてたまりません。いっそ、勃たなくなるまであなたの中に出しつづけてみましょうか？」

「む、りっ……」

ばちゅ、ばちゅん、と奥を激しく打ちつけられる。お湯の表面が波立って、突き出した乳首が彼の頬にかすめた。

「オーレリア、あなたから私に与えてください」

「何、を……？　あ、あっ」

「このかわいらしい乳首です。自分から、私の口に」

彼が口を開け、赤い舌先を動かしてみせる。ここに自分から胸を押しつけてこいと言いたげに。

腰から背骨にかけて、淫らな刺激が駆け上がった。

——舐められるとどんなに気持ちいいか、わたしは知ってる。吸われる瞬間の、脳まで響く快感を、わたしはシリルに教え込まれてしまったから。

「は……っ、ぁ、あ、舐めて……ぇ……」

言われるまま、オーレリアは自分で乳房の裾野を持ち上げ、彼の口元に先端を近づけた。待っていたとばかりにシリルが吸いついてきて、蜜口がきゅうと窄まる。そこを、雄槍が激しく責め立てた。

「ぁ、あっ、ああ、シリル、気持ちぃ……っ」

ちゅう、ちゅる、と吸っては舐め、舐めては吸い、シリルが乳首に軽く歯を立てる。

「ひぁッ、ん！　や、あっ……」

「お嫌ですか？」

「やめちゃ、イヤ、ぁ、あっ」

気づけば、彼の突き上げる動きに合わせて腰を振るのを止められない。互いに強く惹かれ合い、ふたりの体が甘く蕩けていく。

「こんなに、深く……んん、つながって、る……っ」

——嬉しい。シリルが、わたしのもとに帰ってきてくれた。

「もっと、いっぱいして、シリル、ぁ、もっと、わたしのこと、いっぱい……」

「お望みどおりに。私の愛しい人」

ずぐっ、とこれまでにないほど、彼の切っ先がオーレリアの子宮口にめり込んだ。

「ああ、ァ、あぁうっ……！」

腰が前後にガクガクと揺れ、二度目の果てへ押し上げられる。彼の両肩に爪を立て、オーレリアは白い喉を反らした。

「またイッてしまわれたのですね。ですが、休憩はありませんよ?」

「っ、は、ぁ……っ、シリル……」

達したばかりの狭まる隘路を、楔が内側から押し開いた。

──奥、当たってる。さっきから、ずっと。

腰は甘く疼き、亀頭で刺激されるたびにきゅん、とせつなさに子宮が震える。

「オーレリア、今日は避妊魔法はかけませんよ」

「え、えっ……!?」

それは困る、と目を瞠った。

けれど、シリルは。

「今日だけではありません。今後二度と使うことはないでしょう」

幸せそうに、目を細めて微笑んでいる。

「なっ……何、言って、え、えっ……?」

──じゃあ、すでに中出しされてしまった分はどうなるの!?

「安心して感じてくださいね。たっぷり出させていただきます」

「だ、ダメ、シリル、出しちゃダメぇ……!」

「はい、出しますよ。あなたの子宮に届くまで、私の子種を──」

「っっ、ぁ、あ、あっ……！」

最奥を重点的に突き上げながら、シリルは愛を遂げる。重吹く間も、抽挿は止まらない。

「やめ……っ、ぁ、あっ、やだ、待って」

「ほんとうにあなたはかわいらしい、オーレリア。射精は途中では止まらないのですよ？」

「うう、避妊魔法……を……」

「かけてほしいのですか？」

「お願い、お願いだから、かけてぇ……」

その言葉に、なぜか頷くのは膣内の亀頭だ。首を縦に振って、大きく震えている。

――え、待って、また中に！

「ああ、また出ます。私のすべてを搾り取ってください」

「ぁああ、あ、っ、中、熱い……っ」

達しても達しても、彼の情動は終わりを知らない。

「お願い、だから、シリルぅ……」

「そんなに避妊魔法をかけてほしいのですか？」

「あ、たりまえ、で……」

「私もあなたを孕ませたいので、次に先にイッたほうが負けということにしましょう。私が勝ったら、今夜は避妊魔法はなしです。どうぞ、いくらでも腰を振って私を感じさせてください、オーレリア」

愛されすぎる苦しみと悦びに翻弄されながら、浴槽の中の攻防戦はまだ終わらない――

§ § §

デュカウル王国に春が訪れるころ、オーレリアは純白のドレスを身に纏う。

その日は朝から快晴で、空もふたりの佳き日を祝ってくれているようだった。

「お美しい……！　私が今までの人生で見た、もっとも美しい存在があなたです、オーレリア」

大仰な褒め言葉で、シリルが絶賛してくれる。

ウエディングドレス姿のオーレリアが、かすかに頬を染めた。

「やはり結婚を早めて正解でした。こんなにも美しい女神が独身でいるとなれば、野獣たちは黙っていないでしょうから」

「ねえ、どこに野獣がいるの？　わたし、魔法学院に通ってるだけなのに」

「私が学院の卒業生だということを考えれば、あの学院は野獣だらけではありませんか？」

そう言われると、返答に詰まる。

愛しい王子はたしかに野獣――とまではいかなくとも、精力絶倫であることに違いはない。

「これから、私たちは夫婦となります」

「はい」

「今まで以上にあなたを激しく抱くと思いますがそれはお許しください」

——待って？　結婚式直前に言うことがそれ？

眉をひそめたオーレリアを見て、黒髪の王子は極上の微笑を向けてきた。

「それです、オーレリア」

「……どうせ、わたしのうんざり顔に発情したとでも言うんでしょう？」

「まさにそのとおり。やはり、あなただけです。私のすべてを理解してくださるのは——」

「理解はしてないからね？」

「その返答も完璧です。愛しい人、結婚式の前に一度私の劣情を受け止めてくださいませんか？」

返事をする必要があるのだろうか。

オーレリアは大きなため息をつく。けれど、それすらも愛情でしかなくて。

「せめて、唇だけならお許しいただけるでしょうか？」

「誓いのキスまで待てないの？」

「待てのできない男です。どうぞ、そんな私を愛してください」

清々しいまでに、シリルは自分自身を理解している。そして、オーレリアが最終的に彼を受け入れるところまでわかっているのだ。

「少しだけ、ね」

「ええ、少しいっぱいキスさせていただきます」

「それ、少しじゃないと思うの」

「はい、違いますよ？」

ふたりは顔を見合わせて、どちらからともなく笑う。笑いながらキスをして、笑いながら抱きしめ合う。

そんな幸せが、この先にずっと続いていくことを願って。

今日この日、結婚する——

あとがき

こんにちは、麻生ミカリです。蜜猫ノベルスではお初にお目にかかります。

このたびは『破滅ルートから逃れたい悪役令嬢ですが、偽装婚約した王子殿下の愛が重すぎる‼』をお手にとっていただき、ありがとうございます！

元気いっぱいなＤＴヒーローを書かせていただきました。書いているわたしが、とっても楽しかったことはおそらく本文から伝わるのではないかなと思います。

物事というのは、どの側面から見るかによって見え方が変わってくると常々感じるのですが、今回は『ベンジャミンの鐘が鳴るまでに』という作中のゲームにおける悪役令嬢オーレリアの視点から見た世界というのをひとつの指針に書いたお話です。

オーレリアはゲーム内では悪役令嬢です。そのため、ゲームの主人公であるアンジェリカとかかわると、当人が望まずとも悪役として誤解される展開に陥りやすい状況にあります。

アンジェリカの側から見れば、オーレリアは高慢な口調のツンとした怖い公爵令嬢、たしかにこれは悪役ポジションだろうなあと思うのです。でも、オーレリアはオーレリアなりに自分の立場をわきまえて行動しているだけなので、まったく悪役ポジションなわけでもない。だけど、何をしても悪役令嬢ムーブに見えてしまう、そんなオーレリアの恋のお話です。

と、書いてから「ん？　恋のお話、恋の……？」と作者の脳に疑問符が浮かびました。いや、恋のお話なんですよ！　ただちょっと、ヒーローのシリル殿下がね、なかなかアレな人物というだけで！


えー、簡単に申しましてわたくしは残念イケメンをこよなく愛しています。

シリルが終始、あんな感じなのは、だいたいわたしの好きな属性を盛り込んだと思っていただければ……

孤独な人生を生きてきた男性が、唯一無二の救いとなる女性と出会い、恋に落ちる。

こう書くと、ロマンチックなんですけどね。基本、この関係性が好きでたまりません。実際、シリルもこの文脈に乗せたつもりだったわけです。いや、乗ってはいるんですよ、たぶん、おそらく、なんとなく。

ただし、孤独な王子が愛を知る以前に、うちのシリルくんは少々ヘンタイが過ぎる万能魔法使いなのでした！

なんでもできるくせに、恋愛ヘタクソヒーロー、書いていて楽しいです！　その能力をいかしたら、もっと恋愛うまくできるはずでしょ、といつも思います。そうならない恋が好きだ！　いつだって恋は思案の外なんですよね。理性で自分を律することなんてできないヒーローをたくさん書きたいです！　なんならすでにけっこう書いています。もしご興味をお持ちいただけましたら、同じ竹書房から出ている蜜猫文庫の既刊などお読みいただければ光栄です。六冊発売中！

イラストをご担当くださったＦａｙ先生、悪役令嬢テンプレの外見でありながら可憐でかわいらしいオーレリアをごちそうさまです。たまらなくかわいいです……！

シリルも最高にキラキラで、なのに執着気質が見てとれるイケメンに描いていただき、作者としては感謝の気持ちでいっぱいです。はー、かわいい、かっこいい、かわいい、かっこいいの無限ループですね！

最後になりましたが、この本を読んでくださったあなたに最大級の感謝を込めて。

二〇二三年、最初の本になりました。今年もたくさん好きなお話を書いていく予定です。よろしければおつきあいくださいませ。

またどこかでお会いできる日を願って。それでは。

大好きな羽毛布団の季節、月曜の夜に　麻生ミカリ

蜜猫 novels をお買い上げいただきありがとうございます。
この作品を読んでのご意見・ご感想をお聞かせください。
あて先は下記の通りです。

〒102-0075　東京都千代田区三番町 8 番地 1　三番町東急ビル 6F
(株)竹書房　蜜猫 novels 編集部
麻生ミカリ先生 / Fay 先生

破滅ルートから逃れたい悪役令嬢ですが、
偽装婚約した王子殿下の愛が重すぎる!!

2023 年 1 月 17 日　初版第 1 刷発行

著　者　麻生ミカリ

発行者　後藤明信
発行所　株式会社竹書房
〒102-0075 東京都千代田区三番町 8 番地 1
三番町東急ビル 6F
email : info@takeshobo.co.jp
デザイン　antenna
印刷所　中央精版印刷株式会社